Avec toi

©2023. EDICO
Édition : JDH Éditions
77600 Bussy-Saint-Georges. France
Imprimé par BoD – Books on Demand, Norderstedt, Allemagne

Conception et réalisation couverture : Cynthia Skorupa

ISBN : 978-2-38127-328-0
Dépôt légal : juillet 2023

Le Code de la propriété intellectuelle n'autorisant, aux termes de l'article L.122-5.2° et 3°a, d'une part, que les copies ou reproductions strictement réservées à l'usage privé du copiste et non destinées à une utilisation collective , et d'autre part, que les analyses et les courtes citations dans un but d'exemple et d'illustration, toute représentation ou reproduction intégrale ou partielle faite sans le consentement de l'auteur ou ses ayants droit ou ayants cause est illicite (art. L. 122-4).
Cette représentation ou reproduction, par quelque procédé que ce soit constituerait une contrefaçon sanctionnée par les articles L. 335-2 et suivants du Code de la propriété intellectuelle.

Hector Luis Marino

Avec toi

JDH Éditions
Nouvelles Pages

À Josè Luis, toujours avec moi, pour l'éternité

Grimpe en douceur
petit escargot
tu es sur le Fuji!

Kobayashi Issa

1

Le regard du vieil homme était fixé quelque part vers l'infinité de l'horizon. Sa vision intensément plongée dans cet espace diffus d'un ailleurs qu'il devinait bien au-delà des lignes des collines qui se dessinaient au loin. Les lumières du couchant ravivaient la blancheur de sa peau fripée et doraient légèrement sa courte barbe et ses cheveux cendrés. Il se tenait assis sous le porche de sa maison dont la façade se constituait de pierres aussi délabrées et érodées que sa frêle carcasse. Quelques signes irréfutables trahissaient son âge avancé. Ses rides, la lenteur de ses mouvements associée à l'imperceptible tremblement de ses membres, la sécheresse de son corps... tout témoignait de son extrême vieillesse. Tout, sauf l'essentiel. L'incandescence de ses yeux anthracite était restée aussi intacte que le jour de sa naissance et semblait narguer la fatalité de la déchéance. Ses pupilles demeuraient aussi brûlantes qu'une braise ardente.

Ce soir-là, l'homme se complaisait dans la nostalgique contemplation de la fin de cette journée. Une de plus de sa longue vie. Jamais ne dérogeait-il à ce rituel, quel que fût le temps. Aujourd'hui, le ciel flamboyait de mille couleurs. Un dégradé de bleu outremer glissait vers des nuances plus claires allant de gris bleutés aux verdâtres, se fondant ensuite dans des tons de parmes, de jaunes, jusqu'aux incandescentes teintes orangées et rouge écarlate incendiant le paysage de la campagne provençale.

Voici dix ans qu'il vivait ici, reclus de ce monde devenu fou. Depuis lors, il se délectait de la totale solitude qu'il avait choisie. C'était bien avant le début de l'une des plus monumentales escroqueries que l'Humanité n'ait jamais connues. Celle d'une prétendue pandémie, gobée par des milliards d'êtres complètement lobotomisés par le narratif des médias, à la solde d'une poignée de richissimes et de gouvernements corrompus. Eux-mêmes marionnettes d'une sombre organisation multiséculaire déterminée à poursuivre ses funestes plans mondialistes.

Il avait prédit que l'Humanité allait traverser une terrible tempête avec des menaces d'épidémies, de bouleversements climatiques orchestrés et de guerre planétaire. Et il était intimement convaincu qu'il n'assisterait jamais de son vivant au monde nouveau qui émergerait de ce total chaos.

Il avait donc choisi de s'isoler, de se confiner volontairement, porté par le seul désir de se retrouver face à lui-même. Il avait pris sa sage décision bien des années avant cette pathétique mascarade qu'il pressentait. Il ne pouvait imaginer qu'elle serait provoquée par des virus fabriqués en laboratoire à des fins sataniques. Mais son instinct lui avait dicté qu'il serait vital de se retirer de la société, car quelque chose de grave allait peser sur la civilisation occidentale. Depuis, le vieil homme demeurait bien loin de ce monde, de cette folie collective. Il subsistait presque en autarcie grâce à son potager, son poulailler et l'eau pure que lui donnait son puits. Il lui plaisait de le croire, tout au moins. Une fois par semaine, il allait, à contrecœur, au village, se procurer quelques produits oubliés de ses commandes. En effet, un luxe capricieux l'amenait à se faire fréquemment livrer de multiples denrées superflues. Afin de dépenser l'argent de sa confortable retraite et de ses indécentes épargnes accumulées durant toute une vie. La trésorerie dont il pouvait disposer lui donnait autant le tournis que la nausée. Aussi lui fallait-il régulièrement du vin millésimé, des cigares de Cuba, son whisky japonais préféré, de la bière, les ingrédients nécessaires pour confectionner son pain, parfois du fromage ou de la charcuterie et surtout ses côtes de bœuf Wagyu qu'il aimait tant saisir au feu de bois.

Un désagréable tumulte de civilisation le sortit soudain de sa torpeur. Le bruit de moteur qui s'amplifiait lui suggéra l'évidence de la venue d'un intrus motorisé, engagé dans son chemin privé et qui se dirigeait vers son havre de paix. Il se leva avec peine de son rocking-chair en bois, contrarié par l'outrecuidance de ce visiteur non désiré. Sous un nuage de poussière, dilué dans la rougeur du soleil couchant, se profilait peu à peu l'esquisse d'une mobylette. L'engin s'immobilisa devant lui. Il fut soulagé qu'on arrêtât ce satané propulseur et que cessât enfin ce bruit irritant.

Un frêle individu descendit du cyclomoteur en défaisant les lanières qui opprimaient le bas de son visage. Une toute jeune fille, aux cheveux aussi blonds que les blés, emmêlés et désordonnés par le port du casque, se tenait face à lui. Elle lui souriait timidement, mais ses yeux turquoise soutenaient difficilement le regard du vieil homme. Il l'observait fixement, ses prunelles noircies par un froncement de sourcils trahissant sa contrariété. Rien ne l'insupportait plus que d'être dérangé dans la quiétude de son quotidien.

— Tu t'es perdue ? lui demanda-t-il.

— Non, je suis venue vous voir, Monsieur Lubrano… Pardon pour mon intrusion… Je suis Estrella, une de vos élèves d'il y a dix ans, je n'avais que sept ans à l'époque…

Elle devait certainement faire partie de son dernier groupe de petits judokas surpris de trouver les portes de son dojo closes à la rentrée de septembre. La plupart avaient arrêté le judo pour se tourner vers un autre sport, d'autres avaient migré vers des salles implantées dans des villages voisins.

Il jugea inutile et déplacé de lui avouer qu'il ne gardait pas la moindre souvenance d'elle.

— Que veux-tu, petite ?

— J'aimerais, Monsieur Lubrano…

— Appelle-moi Roberto, comme tu devais le faire quand tu étais enfant !

— J'aimerais, Monsieur Roberto, que vous m'aidiez à devenir une championne de judo.

— En voilà une drôle d'idée ! Pourquoi moi ? Tu sais que j'ai arrêté d'enseigner cette pratique il y a dix ans ! Je n'ai jamais formé le moindre champion... J'ai seulement été un prof de club dans un village minuscule perdu dans la cambrousse provençale ! Et puis, je suis tellement vieux que je ne peux me rappeler mon âge !

— Mais vous êtes une légende, Roberto. Je n'ai compris que bien plus tard ma chance de vous avoir eu pour premier enseignant !

Qui pouvait encore le considérer comme une légende dans le microcosme du judo ?

2

En un éclair, le kaléidoscope de sa vie défila dans sa tête. Il avait été, dans les années 50, un des pionniers du judo français. Il avait découvert cette discipline encore confidentielle par hasard, en s'inscrivant par curiosité dans le premier club marseillais qui venait d'ouvrir ses portes. La maîtrise mentale et corporelle qu'elle exigeait et l'élégante efficacité qu'elle impliquait l'avaient immédiatement fasciné. Il avait décidé de s'y adonner corps et âme.

Il n'avait pas vingt ans. Il se mit pourtant en tête la folle idée de partir étudier l'art du judo à sa source même. Au Japon.

À l'époque, un voyage en Extrême-Orient représentait une véritable expédition. Il embarqua en août 1952 à Marseille, sur le bateau *La Marseillaise* qui l'emmènerait jusqu'à Yokahoma. Une longue traversée de presque deux mois, jalonnée d'étapes. Port-Saïd, Djibouti, Colombo, Singapour, Saïgon, Hong Kong. Il s'installa à Tokyo où une famille d'accueil lui loua une chambre miteuse à un prix qui lui parut exorbitant. Mais, grâce à ce logement, il obtint le privilège de faire partie des rares premiers Occidentaux à intégrer le mythique Kodokan, alors temple du judo. Il s'y rendit quotidiennement, y compris les dimanches, jusqu'à son départ, deux ans après son arrivée.

Les tatamis étaient fréquentés majoritairement par de rugueux judokas japonais, mais également par quelques aventuriers européens, dont trois autres Français, et même par un Américain.

Les entraînements se voulaient aussi longs qu'impitoyables. En outre, afin de subvenir à ses besoins, n'avait-il d'autres alternatives que d'exercer une multitude de petits boulots. Plongeur dans des restaurants exploités par des patrons peu scrupuleux, ou embauché pour des tâches insignifiantes, comme tenir des pancartes publicitaires durant des heures dans les rues. Les cours particuliers de français étaient les mieux rémunérés, mais surtout les moins ingrats et fatigants. Il se souvient avoir eu recours à des amphétamines, pour l'heure en vente libre, pour l'aider à maintenir son rythme de travail éreintant.

Au fil des entraînements, il se lia d'amitié avec un compatriote, un Niçois prénommé Yves. Ils devinrent inséparables.

Yves ignorait alors qu'il atteindrait la célébrité mondiale, dans un domaine qu'il ne pouvait encore présumer.

Les deux compères prirent ensemble le bateau de retour pour la France en 1954. Après les étapes de Hong Kong, Saïgon, Singapour, Colombo, Djibouti et Port-Saïd, ils débarquèrent enfin à Marseille deux mois plus tard.

Dès leur arrivée, ils se rendirent tous deux à Paris, au siège de la Fédération française de judo. À la grande stupeur d'Yves, celle-ci refusa d'homologuer son grade de quatrième dan, pourtant octroyé par le Kodokan lui-même. Il devait les acquérir de nouveau pour avoir accès, peut-être dans un an, à une éventuelle participation aux championnats d'Europe. Furieux et humilié, Yves rejeta cette proposition et quitta les lieux en claquant la porte. Roberto se levait déjà pour prendre congé, lorsque le président l'informa qu'il pouvait quant à lui y prendre part dans la division des ceintures marron, puisque son grade était, lui, officiellement homologué par la Fédération française. À l'époque, il n'existait aucune catégorie de poids. Mais les épreuves étaient étrangement classifiées par grades.

Par solidarité avec son ami, Roberto ne lui formula qu'une seule cinglante réponse : « Allez vous faire foutre ! »

Devant le manque de reconnaissance de ce milieu, quelque chose en eux s'était brisé. Yves édita malgré tout un livre, *Les fondements du judo*, et lui, *L'art du combat*. La future notoriété d'Yves rendit son ouvrage culte... Le sien, à sa connaissance, sera totalement oublié.

Toujours est-il qu'Yves et lui décidèrent de tourner radicalement la page de cette pratique, de ce monde qui ne voulait pas d'eux.

Ils écoulèrent nombre de soirées à réfléchir vers quel secteur ils pourraient bien s'épanouir. Au fil des discussions, il leur sembla évident qu'un vent nouveau soufflait dans le domaine artistique. Picasso lui-même en venait à passer pour un conformiste devant l'émergence soudaine d'artistes comme Jackson Pollock, Mark Rothko ou Nicolas de Staël.

Ils s'associèrent alors dans le projet fou de bouleverser ce milieu, car seuls les challenges insensés parvenaient à les faire vibrer. Bien qu'initialement transcendé par sa passion du judo, Yves possédait déjà une réelle fibre artistique, léguée par ses parents, artistes peintres.

Qu'Yves apparaisse sur le devant de la scène, en tant qu'artiste, leur parut comme une évidence. Il garderait aussi son véritable nom : Yves Klein. Roberto deviendrait son agent, mais dans l'ombre surtout... bien qu'il ait également composé, plus tard, une multitude de monochromes aux rouleaux. Ils allaient ainsi, tous deux, contribuer à l'invention de l'art contemporain !

Le succès se montra immédiat grâce à leur plan savamment orchestré.

Ce fut Roberto qui imagina les performances du personnage qu'ils avaient créé : Yves Klein l'artiste. S'ils avaient gardé le véritable nom d'Yves Klein, leur challenge consistait à l'élever et le sublimer dans un authentique projet artistique. Roberto mit en scène ces événements où Klein se produisait « peignant » en smoking et gants immaculés. Comme un magicien, il demanderait à des jeunes femmes nues de se plonger dans des bassines de peinture avant de coller leur corps contre d'immenses toiles fixées au mur.

Roberto orchestra sa mythique exposition dans une galerie recouverte de blanc du sol au plafond, sans aucune œuvre présentée, et où de multiples collectionneurs achèteraient du vide ! Ce fut lui enfin qui solliciterait des chimistes et des marchands de couleurs afin d'en mettre une au point avec comme base des pigments proches d'un bleu outremer, qu'Yves breveta à son nom, le fameux IKB (International Klein Blue) qui deviendrait sa marque de fabrique et le rendrait aussitôt célèbre.

Yves décéda malheureusement en 1962. Malgré son désarroi, Roberto continua à promouvoir son travail à travers le monde, durant des décennies. Il vécut nombre d'aventures improbables, se maria deux fois, divorça deux fois, eut quatre enfants officiels et sans doute bien d'autres, par-ci par-là.

Puis, le jour de ses 60 ans, il décida de se poser. Il acheta une petite maison dans le sud de la France, non loin d'un village perdu entre Aubagne et Gémenos. Il acquit également, pour donner un sens à sa vie, un vieux corps de ferme, plutôt une espèce d'antique hangar en pierre, à proximité de chez lui, qu'il transforma en dojo.

Bien des années après le houleux entretien en son siège, la Fédération avait finalement homologué son troisième dan passé au Kodokan. Et, sans doute par une sorte de remords légué de président en président, elle lui avait aussi accordé un diplôme pour enseigner bénévolement. Il dispensa alors des cours de judo aux enfants des bourgs voisins durant une vingtaine d'années, pour son seul plaisir. Son club dépassa rapidement le seuil de plus de cent cinquante licenciés. Il expliqua ce succès par le fait qu'il n'avait jamais demandé la moindre cotisation ou autre compensation financière, en réfutant l'idée que la qualité de son instruction pourrait en être certainement la raison.

Ce furent de belles années. Roberto transmettait son savoir basé sur son expérience et ses jeunes disciples lui expédiaient toute l'énergie de l'univers.

Mais, au fil du temps, la population des villages se tarissait peu à peu. Les habitants se mirent à migrer vers des centres urbains plus denses. Les écoles fermaient les unes après les autres. Quand son effectif ne représenta plus qu'une trentaine d'élèves, Roberto se dit qu'il serait peut-être temps d'arrêter les frais. Il venait d'avoir 80 ans, les cours et l'indiscipline des petits commençaient à le fatiguer. Il vendit alors sa maison trop proche de la civilisation à son goût. Puis il ferma le club. Comme celui-ci se trouvait au cœur de son terrain, perdu en pleine campagne, il décida de transformer son dojo en dernière résidence, où il finirait ses jours.

3

— Mais qui peut donc être cet imbécile qui t'a convaincue que j'étais une légende ? lui demanda-t-il en allumant un cigare.

— Maître Bonito, mon professeur d'Aubagne. Je suis interne au Pôle France de Marseille, et il s'inquiète de la pauvreté du contenu technique en structure...

— Oui, il a raison. Tous ceux qui se sont revendiqués entraîneurs ont toujours eu tendance à mettre la charrue avant les bœufs. J'en ai connu quelques-uns à l'époque... que des bons à rien. Voire de véritables crétins obnubilés par le statut qu'ils s'étaient approprié, au détriment de la mission qui aurait dû être la leur : la transmission de l'art du judo.

Le vieil homme se rappela combien il s'était senti déçu de constater la détérioration du concept même de ce que devraient être les bases de l'enseignement. Il se souvint de ce désarroi lorsqu'il revint dans ce milieu. Si on l'avait considéré comme un intellectuel idéaliste dans les années 60, on le prit plus tard pour un doux rêveur. Les quelques entraîneurs croisés lors de tournois régionaux n'avaient pu cacher leur sourire narquois de satisfaction quand leurs élèves en venaient à terrasser les siens. Ils ne pouvaient imaginer que pour lui les résultats importaient peu. Que seul le côté éducatif ou spirituel du judo l'intéressait. Et que, si par miracle, un jour, un de ses « petits samouraïs » avait eu cette fibre quasi pathologique pour la compétition, son devoir aurait été de le réfréner, de le protéger contre toute ambition immédiate. Le préserver dans le but d'envisager un travail sur du long terme.

La jeune fille avait dû lui adresser la parole mais, tellement immergé dans ses pensées, il ne l'avait entendue.

— Monsieur Roberto, ça va ?

— Oui, oui, petite. Tu me disais quoi ?

— Maître Bonito me parle souvent de vous. Il vous vénère... Il me clame constamment que vous êtes le seul qui pourrait me transmettre les bases du combat.

Au fond de lui, Roberto se sentait flatté par cette reconnaissance, tout en étant surpris que quelqu'un puisse se souvenir de son existence. Le nom de Bonito ne lui était pas totalement inconnu. Il se rappela qu'il avait été un des premiers professeurs de judo de la région et se montra étonné qu'il enseignât encore. Il est vrai qu'il devait être bien plus jeune que lui, un adolescent de 70 ou 80 ans.

— Écoute, petite, je te remercie pour ta visite, mais je ne peux rien pour toi. Rentre vite avant qu'il ne fasse nuit. Tes parents savent que tu te trouves ici ?

— Mes parents sont morts dans un accident de voiture il y a longtemps. Je vis à l'internat en semaine et je repars les week-ends chez ma tante, mais elle s'en fout de moi, de toute façon.

Roberto resta impassible. Le moindre signe de compassion pourrait lui suggérer l'idée que sa requête puisse s'envisager.

— Bon, je ne vais pas te laisser partir comme ça, en pleine nuit. Je vais te faire manger et dormir ici, et tu reprendras la route demain matin. Suis-moi, lui ordonna-t-il.

Il se dirigea, avec lenteur, dans un sentier de pierres serpentant entre des jardins de plantes odorantes et la façade de la bâtisse, puis ouvrit mollement une lourde porte de bois et de métal. L'accès à sa demeure se composait d'un patio protégé par une toiture transparente, et les parois de verre laissaient admirer le spectacle impressionnant de bambous dressés vers le ciel, savamment éclairés par un subtil jeu de projecteurs.

Roberto invita la jeune fille à l'imiter en se déchaussant. Il l'informa qu'il avait transformé les anciens vestiaires en plusieurs salles de bains qui se trouvaient de chaque côté de l'entrée.

Le vestibule donnait ensuite sur une pièce démesurée, dont un tatami traditionnel japonais qui s'étendait à perte de vue recouvrait le sol. Estrella reconnut aussitôt la matière, constituée de paille de riz tressée, qu'elle avait foulée lorsqu'elle était enfant.

Les murs sud qu'elle avait connus avaient disparu. Remplacés par d'immenses baies vitrées en galandage dont les châssis paraissaient en acier ou en aluminium noir. Elles dévoilaient un jardin féerique, mêlant l'esprit japonais, par sa composition méticuleuse, à la nature provençale. Un délicat jeu d'éclairage sublimait la végétation. Les oliviers centenaires, taillés à la perfection, ressemblaient à de gigantesques bonsaïs.

Une toiture extérieure se prolongeait sur plusieurs mètres. Afin d'éviter – lui dira Roberto un jour, bien plus tard – l'écrasante chaleur estivale, quand le soleil se situe haut, tout en permettant plus de lumière et de douceur durant les mois d'hiver lorsque l'astre moins incandescent rase l'horizon.

Sur le mur nord, d'immenses toiles contemporaines étaient accrochées, toutes signées Yves Klein. Certes, de simples taches de différentes couleurs sur un fond immaculé, mais elles devaient valoir une véritable fortune… Au centre de cette série appelée *Anthropométries*, une œuvre colossale de deux mètres sur deux : un impressionnant monochrome du célèbre bleu Klein. Un bleu profond, paraissant aussi irréel que magique, rendu encore plus éclatant grâce à des spots lumineux.

Au bout de ce titanesque espace, côté est, siégeaient une cuisine et une cheminée contemporaine, sous une mezzanine qui devait certainement abriter la chambre à coucher de Roberto.

Seul un grand canapé blanc trônait au centre de la pièce, face aux baies vitrées.

Comment un si vieil homme pouvait-il avoir autant de goût pour cet aménagement minimaliste tellement tendance de nos jours ? s'interrogea Estrella.

Roberto se dirigea vers l'extrémité du tatami, remplacé par des terres cuites à proximité de l'âtre dans lequel crépitait un agréable feu de bois.

— J'avais prévu un dîner corse ce soir, figatelli à la cheminée, polenta, charcuteries et fromages… Cela te va ?

— Merci beaucoup, Roberto. C'est parfait, c'est très gentil.

— Je t'indiquerai l'emplacement des draps et un futon que tu mettras sur le tatami, et tu partiras demain après le petit-déjeuner. Tu es d'accord, petite ?

— Oui, c'est promis, je me rendrai chez ma tante pour le week-end.

Roberto prépara le repas et ils mangèrent en silence près de la chaleur douce et enveloppante de la braise. Estrella n'osa pas engager une conversation et Roberto trouvait stupide et superflu de parler lorsqu'on n'avait rien à dire.

Le lendemain, elle prit congé, le cœur serré.

— Merci pour votre accueil, Roberto… Vous ne voulez vraiment pas m'apprendre quelques bases de vos connaissances sur le judo ?

— Non, petite, tu perdrais ton temps… Le judo n'a jamais représenté le centre de ma vie, à part dans ma jeunesse… Et tout ça, c'est bien loin… J'ai même totalement arrêté d'y penser après mes seules vingt années d'enseignement… Et ce n'est pas à 90 ans que je vais remettre le couvert !

En enfilant son casque, Estrella ne put contrôler ses émotions et une larme roula le long de sa joue.

— Je ne vous importunerai plus, Roberto, c'est promis… Merci pour votre hospitalité… et pardon pour mon intrusion…

Roberto n'avait pas commencé sa phrase qu'il la regretta aussitôt.

— Bon, écoute, petite… Je veux bien essayer de te transmettre quelques bases théoriques… une ou deux séances, pas plus… ensuite, tu me laisses tranquille !

Le visage d'Estrella s'éclaira subitement d'un sourire radieux. Telle une fillette, elle ne put s'empêcher de sauter de joie. Comme la gamine qu'elle était, finalement. Tout en observant les signes de son bonheur, Roberto se demanda les raisons pour lesquelles il avait cédé à ses caprices. Peut-être parce qu'aucun de ses enfants n'avait eu la délicatesse de lui donner une descendance ? Peut-être souffrait-il intérieurement de la certitude qu'il ne deviendrait jamais grand-père ?

— Allez, file maintenant ! Tu reviens ici samedi prochain après ma sieste, à 16 heures précises !

4

Comme un imbécile, l'élan de sa spontanéité l'avait entraîné dans un engrenage où il risquait de s'attendrir de nouveau devant elle. Roberto le savait. Il s'était engagé sans réfléchir. Mais il demeurait conscient que jamais elle ne voudrait se contenter d'une ou deux séances.

Il décida donc de la mettre à l'épreuve, juste pour obtenir la confirmation de ses limites. Il verrait bien ainsi ce qu'elle avait dans le ventre et n'aurait alors aucun scrupule à lui annoncer qu'il valait mieux qu'elle aille jouer ailleurs.

Il fumait un cigare en sirotant un fond de coupe de son whisky japonais préféré, abrité sous l'avancée de toiture de sa maison, en regardant pleuvoir sa vie. C'était une journée humide, d'une morosité infinie, rythmée par des séries d'averses torrentielles qu'infligeait parfois le climat de certaines régions du sud de la France.

Ses pensées vagabondaient vers ses enfants, qu'il voyait bien trop peu. Ils vivaient désormais aux quatre coins du pays. La frénésie de leur vie amoureuse ou professionnelle ne laissait aucune place dans leur planning à une brève visite de temps en temps.

La contemplation du triste spectacle de son existence s'interrompit lorsqu'il entendit au loin le bruit énervant d'une mobylette.

Il se dressa péniblement et regarda froidement Estrella, toujours à califourchon sur son engin.

— Tu es en avance, petite ! 16 h ne correspondent pas à 15 h 45 ! Tu me rejoins à l'intérieur à 16 h précises !

Pendant qu'Estrella se confondait en excuses, il se leva lentement et, sans un mot, se dirigea vers la porte de sa demeure.

Elle resta 15 minutes sous la pluie battante.

Puis elle toqua lorsque l'heure exacte pointa. Elle se permit de rentrer, trempée de la tête aux pieds, malgré l'absence de réponse. Elle se présenta ainsi timidement devant lui. L'eau ruisselait sur elle et elle craignait sa réaction au moment où il apercevrait la flaque sous ses baskets.

— Va dans une des salles de bains de l'entrée et enfile ton judogi.

Elle revint, vêtue d'un kimono bleu dont une ceinture noire tenait la veste.

— C'est quoi, cet accoutrement ? lui demanda-t-il dédaigneusement.

Il n'écouta pas ses balbutiements. Il savait pertinemment les judogis de ce coloris obligatoires et complémentaires pour certaines compétitions depuis quelques années. L'objectif revendiqué consistait à améliorer la différenciation des adversaires durant les combats, l'un devant être habillé en blanc, l'autre en bleu. Mais cela ne restait qu'une fumeuse décision d'ordre purement médiatique, prise par la Fédération internationale en vue de séduire l'intérêt des télévisions, qui n'auraient que faire finalement de ce ridicule artifice. Cette mascarade ne concernait que les épreuves de haut niveau, auxquelles Estrella n'avait jamais participé, mais les kimonos bleus se vendaient partout et les judokas désireux de se la jouer un peu pouvaient le porter aux préparations.

— Pour l'entraînement, j'exige une tenue conventionnelle ! C'est ainsi ! Tu peux partir maintenant. Reviens si tu veux samedi prochain, en judogi blanc !

Il la raccompagna jusqu'à sa mobylette. La pluie s'était miraculeusement arrêtée et une brume diffuse flottait dans une étrange clarté. Le sol trempé et l'herbe l'humide exhalaient un délicat parfum, mélange d'effluves terreux et suaves de champignons et de moisissures recouvrant les pierres environnantes.

Dès qu'elle fut partie, Roberto se cala sur son rocking-chair, les yeux fixés vers les nuages qui, au loin, se dissipaient. Juste avant le crépuscule, la nature lui offrit le spectacle merveilleux d'un arc-en-ciel complet qui se forma au-dessus de l'horizon. Les contours des lignes des couleurs s'avéraient si précis qu'elles lui semblaient avoir été peintes par les fins pinceaux d'un artiste minutieux. Puis le ciel s'embrasa, consumant l'apparition dans un seul magma de rouges incandescents.

Il espérait qu'Estrella ne reviendrait pas. Son odieuse attitude, dont il se sentait peu fier, pourrait malgré tout réussir à la décourager, s'imaginait-il, sans trop y croire.

Effectivement, le samedi d'après, elle se présenta. Vêtue d'un judogi blanc.

— On va commencer par le commencement. Je considère que tu ne connais rien au judo. Mais peut-être même faudrait-il que tu oublies ce que tu penses savoir. Cela représentera le plus difficile pour toi. Montre-moi comment tu tombes, lui ordonna-t-il en lui désignant les tatamis.

Ceux-ci s'étalaient sur une surface de 200 mètres carrés environ, libres de tout obstacle, hormis le canapé qu'elle remarqua avoir été légèrement déplacé, plus proche de la cuisine.

Elle commença aussitôt par plusieurs chutes arrière et avant.

— Tu es vraiment nulle. Frappe plus fort, allons !

Elle mit toutes ses forces dans la percussion de ses mains qui rebondissaient sur le tatami. Les impacts résonnaient bruyamment dans ce qui était redevenu un dojo.

Roberto regretta, dans une furtive pensée sadique, d'avoir gardé la structure en bois et en mousse sous la rigidité des tatamis traditionnels. Malgré son extrême dureté, celle-ci réussirait à réduire considérablement les ondes de choc. Elle contribuait ainsi au maintien d'une certaine souplesse du praticable. Un sol compact directement sous les tatamis aurait rendu cet exercice aux limites du possible. Il aurait équivalu à chuter sur de la pierre, et peut-être cela aurait-il suffi à ce qu'elle renonce à poursuivre ce calvaire.

Malgré tout, l'activité se montrait aussi ingrate que cruelle.

Durant plus de deux heures, sans discontinuer, Estrella chuta et chuta encore.

Gêné par le bruit, Roberto sortit de chez lui, préférant entendre les percussions de l'extérieur.

Lorsque le ciel commença à rougir, il mit fin à cette torture. Estrella suait. L'irritation qu'il décela dans le blanc de ses yeux contrastait avec le turquoise de ses iris et prouvait qu'elle avait pleuré.

— Si tu en as le courage, reviens la semaine prochaine. Même jour, même heure. Mais attention, ce sera ce type de séance.

Une fois débarrassé de la présence de la petite, le vieil homme s'installa enfin sur son rocking-chair pour admirer le spectacle du soleil disparaissant progressivement à l'horizon.

Peut-être est-ce cela, la mort, songea-t-il. *Un astre qui s'éteint dans l'immensité d'une symphonie de couleurs afin d'illuminer le monde une dernière fois.*

Très lentement, les ultimes lueurs s'estompèrent. Il s'instaura alors une douce torpeur bleutée, baignant l'atmosphère de mystère et de secret. La clarté nacrée de la lune prit ensuite le relais, au milieu d'une noirceur étoilée, pour veiller sur la planète jusqu'à la renaissance d'un jour nouveau.

5

Cette nuit-là, Estrella trouva le sommeil dès qu'elle se coucha. Pourtant régnait au sein de l'internat l'ambiance habituelle de ces soirées où les jeunes filles profitaient des absences complices des surveillantes pour augmenter le volume des musiques de leurs enceintes. La cacophonie des différents rythmes faisait trembler les murs des petites chambrées. Mais la résonance des basses, les rires et les cris stridents des pensionnaires ne pouvaient rivaliser avec sa fatigue ni surtout avec l'indéfinissable lassitude qui stagnait au plus profond de son âme. Elle parvenait à comprendre les raisons de son épuisement physique. La séance avec Roberto l'avant-veille suivie de l'entraînement plus que musclé du jour au dojo du lycée incarnaient certainement les causes de son éreintement. Elle s'endormit en s'interrogeant sur la nature de son exténuation mentale sans en trouver la moindre réponse.

Son rêve la réveilla en sursaut au milieu de la nuit. Ce n'était qu'un songe récurrent. Bien qu'il la tirât de son sommeil chaque fois, il ne représentait étrangement nullement un cauchemar. Ce dernier ne venait qu'ensuite. Il s'invitait durant ces longues heures où elle n'arrivait pas à s'assoupir à cause de la lucidité de son esprit qui farfouillait dans les méandres de sa mémoire.

Dans son rêve, immuablement le même, un mur de bâtons de réglisse roulait vers elle. Elle ne savait s'ils étaient monumentaux ou si, au contraire, elle ne s'avérait pas être ridiculement minuscule face à eux. Toujours est-il que des dizaines de cylindres beiges et gris rebondissaient sur le sol, devant elle. Elle se réveillait sans cesse à cet instant, le cœur battant. Avec une saveur anisée, à la fois amère et sucrée, qu'elle gardait en bouche jusqu'à son prochain sommeil.

6

Estrella revint le samedi d'après et ceux qui suivirent. Roberto s'avouait surpris et impressionné par sa ténacité, mais refusait toute preuve d'attendrissement à son égard.

Il persistait dans sa dureté et dans ses exigences, en attendant ce moment où elle craquerait enfin.

Après deux mois de séances uniquement consacrées aux chutes, d'autres, encore plus âpres et ingrates, se dédièrent aux exercices de motricité au sol. Sans rechigner, elle exécuta d'interminables séries où elle traversait la surface en rampant sur le ventre, ou sur le dos « en déplacement langouste ». Au début, sa fragile peau, peu habituée à de tels traitements, avait fini par se couvrir de cloques, et rares étaient les sessions desquelles elle ne sortait pas les pieds et les avant-bras ensanglantés.

Roberto ne parlait jamais. Parce qu'il n'avait guère de choses à dire. Mais un jour, il prit la parole :

— En judo, avant d'attaquer, il faut apprendre à se placer... On en est bien loin... Et à se mouvoir sur le tatami... Un long travail t'attend, petite... Toujours certaine de souhaiter continuer ?

— Oh oui, Monsieur Roberto ! Je vous supplie de bien vouloir me conseiller encore !

Six mois après leur rencontre, Roberto lui permit enfin de commencer les exercices de déplacements, seule sur le tatami. Au début, il fulminait contre sa posture corporelle qu'il estimait trop raide.

— On dirait un éléphant quand tu bouges ! Tiens-toi droite, le dos plat. Descends sur tes appuis. Plus de fluidité !

Estrella combattait dans la première des catégories, la plus légère, celle des moins de 48 kilos. Il lui semblait pourtant peser des tonnes, tant les exigences du vieil homme lui paraissaient légitimes.

Après de multiples séances, cela s'arrangea. Roberto passa à des exercices de visualisation mentale, durant lesquels Estrella, les bras avancés, simulait un déplacement contre une adversaire fictive qu'elle était censée tenir en garde. Il l'encourageait alors à des changements de rythme dans le mouvement.

— Forcer son concurrent à bouger s'avère vital dans un combat. Ne jamais rester immobile... Coordonne le déplacement avec ce que tu dois faire avec tes bras, sacrebleu ! Fais-la réagir avec tes mains, par des actions de traction, de poussée... Bouge, bouge !

Bien des séances plus tard, il ajouta à ce type d'exercices de la musique – des cadences de salsa surtout – qui aidèrent la petite dans les changements de rythme de ses déplacements.

Son tempo, craché bruyamment des haut-parleurs, lui rendit la bonne humeur qui l'avait quitté il avait bien longtemps. Des souvenirs de sa jeunesse ressurgirent. Souvenirs de cette époque lointaine où il voyageait beaucoup, du côté de l'Amérique du Sud. Chroniques de sa vie qu'il pensait avoir oubliées à jamais, ensevelies sous les sables mouvants de sa mémoire.

— Danse, danse, petite ! lui criait-il en riant.

En voyant le vieil homme rayonner d'allégresse, Estrella était aux anges.

Mais dès qu'il mettait fin à la musique, le visage de Roberto se métamorphosait brutalement de nouveau. Comme si sa gaieté s'arrêtait à l'instant même où son pouce appuyait sur la touche *off* de la télécommande, éteignant ainsi son bonheur et les rythmes endiablés qui appartenaient déjà à un autre monde, anéantis par le sceau froid du silence.

Pourtant, malgré le masque ténébreux qu'il s'évertuait à montrer, le vieil homme sentait la glace artificielle autour de son cœur fondre peu à peu, au fil des semaines. Il aimait se comparer parfois à une brute épaisse ayant un jour trouvé, étendu sur le sol, un oisillon tombé d'un nid. Il aurait pu le laisser là, sans état d'âme, en se disant que finalement telle était la loi de la nature. Considérer que le destin avait voulu qu'il ne soit qu'une proie pour le premier corbeau ou carnassier qui le découvrirait. Mais une force mystérieuse l'avait conduit à le prendre délicatement dans ses mains, à le mettre en sécurité chez lui et à le nourrir. Il lui avait confectionné un nid de fortune près de la cheminée. Il avait pris soin de lui, loin de tous les prédateurs, jusqu'à ce qu'il puisse, plus tard, s'envoler.

Un jour, en fin d'entraînement, lui revint en tête cette métaphore entre Estrella et l'oisillon. La petite avait pris sa douche et s'apprêtait à prendre sobrement congé de Roberto. Elle savait qu'elle devait éviter de le remercier pour son investissement à son égard, car rien ne semblait plus l'irriter. Mais ce soir-là, dans un élan de spontanéité, le vieil homme accepta la demande d'Estrella formulée quelques mois plus tôt. Celle de doubler son nombre de séances hebdomadaires. Il était conscient qu'il s'était une nouvelle fois fait berner par la candeur de la petite. Mais avant que l'euphorie de ces instants ne disparaisse, avant de se retrouver envahi par le nostalgique désir de solitude dont il aimait se complaire, il lui dit :

— C'est d'accord, tu pourras venir les mercredis après ton entraînement débile du Pôle de Marseille. Tu seras peut-être fatiguée par ce que les coachs t'auront fait subir, mais tu en apprendras bien plus ici. Le temps d'arriver, il ne sera pas loin de 17 h. Tu travailleras jusqu'à 20 h, puis dîneras et dormiras sur place. Tu partiras à l'aube le lendemain pour te présenter à l'heure au lycée.

Il stoppa d'une main les touchantes effusions d'Estrella, qui sautait de joie.

— Allez, file maintenant, avant que je change d'avis ! dit-il en souriant. À mercredi prochain !

Roberto avait fini par comprendre que la petite ne lâcherait jamais rien.

Poursuivre mon rôle d'odieux personnage ne servirait à rien, se dit-il.

Il décida donc de rester lui-même. Taciturne quand son état le lui commanderait ou bien plus convivial lorsqu'il en aurait tout simplement envie.

Les séances qui suivirent furent centrées sur la forme de corps des mouvements « judo » en eux-mêmes. Une sorte de base de placements à vide, seule, où il s'évertuait à la diriger à longueur de session.

Quand il estima son placement corporel convenable, il décida de la taquiner. Roberto avait toujours été un peu joueur. Il demanda à la petite de se positionner dos à la baie vitrée, lorsque le soleil déjà bas imprégnait sa silhouette face à elle, sur le tatami.

— Au signal, tu tournes sur toi-même, le plus rapidement possible, en mouvement d'épaule. Je veux que tu ailles plus vite que ton ombre... Tu n'arrêteras pas avant...

En l'observant suivre ses instructions à la lettre, il suspecta Estrella d'avoir réellement pris pour vrais ses propos. Elle croyait tellement en lui qu'elle n'avait décelé aucune ironie dans ses paroles. Elle essayait sincèrement, dans une énergie désespérée, de se montrer plus rapide que son fantôme.

Lorsqu'il vit la petite au bord de l'épuisement, il finit par lui mentir.

— C'est bien, petite. Tu viens enfin d'aller plus vite que ton ombre... On arrête l'exercice « Lucky Luke » pour aujourd'hui.

Quelques semaines plus tard, lorsqu'il fut satisfait de la qualité et de la célérité de son placement, elle continua les mêmes exercices en tenant un élastique accroché à un mur afin qu'elle puisse enfin ressentir les sensations avec une tension modérée.

— Dos plat, jambes fléchies, relâche-toi, ne se lassait-il pas de répéter.

Ce ne fut qu'un an après l'intrusion d'Estrella dans son existence qu'il lui annonça qu'il était peut-être temps de commencer le véritable travail.

Sans l'avoir recherché, Roberto avait trouvé un sens à sa vie grâce à la petite. Cela lui était tombé dessus comme une subite averse alors qu'on traverse un désert aride.

7

Par une drôle de coïncidence, la famille d'Estrella portait presque le même nom. Bien que tous deux d'origine espagnole, il était plus qu'improbable qu'ils aient eu un quelconque lien de parenté. Sa maman, Marina Pelayo, ainsi que ses grands-parents maternels étaient nés à Alicante, au sud de l'Espagne. Alors que Luis Don Pelayo, son papa, venait des Asturies, cette région verdoyante dans le nord du pays. Elle tenait de son père les gènes de sa descendance celte. Des yeux d'un bleu aussi translucide qu'un diamant et des cheveux encore plus dorés que les tournesols peints par Van Gogh.

Et de sa mère, une silhouette élancée et svelte ainsi qu'une peau mate qui contrastait avec la blondeur de sa tignasse et les éclairs azur de son regard.

Elle fut mise au monde en France. Mais si le destin avait voulu qu'elle fût née en Espagne, son patronyme aurait été Estrella Don Pelayo Pelayo, le système espagnol étant plus égalitaire que celui d'autres pays dans lequel le nom de famille de la mère disparaît. Mais finalement, comme ils étaient quasiment communs, peu lui importait ce détail. Ce nom presque identique, légué par ses deux parents, elle le porterait avec fierté. Incontestablement, la raison de son rêve fou de le sublimer un jour, de l'immortaliser en leur hommage.

Autre coïncidence, Marina et Luis étaient tous deux nés en France, de parents expatriés. Mais leur histoire d'amour prit forme en Espagne, à Madrid précisément.

Quelques années auparavant, Luis comprenait que son existence n'avait plus aucun sens. Certes, son salaire confortable de cadre commercial dans une grande entreprise basée à Bordeaux aurait dû l'inciter à plus de sagesse. Mais sa rupture avec celle qu'il croyait être la femme sa vie et la platitude de son travail l'avaient conduit soudainement à démissionner de son poste.

    Une force mystérieuse l'avait poussé à un retour vers son pays d'origine qu'il connaissait pourtant bien peu. Et aussi vers sa capitale, où, de plus, il n'avait jamais mis un pied. Il investit toutes ses économies dans l'achat d'un fonds de commerce à Madrid, et sur un coup de tête ouvrit un restaurant. Il venait de fêter ses 40 ans. Et n'avait aucune expérience ni disposition pour ce domaine.

8

Au même moment, Marina se séparait de son compagnon. Un sinistre avocat parisien qui lui avait fait croire monts et merveilles durant des années, pour finalement lui avouer qu'il était homosexuel. Elle avait abandonné sa province natale pour le suivre à Paris. Elle avait laissé son métier de secrétaire médicale pour un poste d'assistante dans son cabinet, sans se rendre compte qu'elle devenait insinueusement, peu à peu, son esclave. Elle le saisit soudainement lorsqu'il lui annonça qu'il aimait un homme avec qui il voulait partager sa vie. Et qu'elle devait quitter son appartement. « Pour ta place, ne t'inquiète pas », avait-il eu le culot de rajouter, « tu toucheras toutes les indemnités légales ». Marina n'avait que 30 ans. Et pourtant désirait-elle en finir avec sa vie à ce moment.

Sa cousine espagnole la persuada de prendre le premier avion pour Madrid. « Je t'hébergerai avec plaisir dans mon spacieux loft le temps nécessaire pour te reconstruire, cariña », lui dit-elle.

Marina se posa donc chez Carmen, qui véritablement la sauva. Elle comprit très vite que rester à se morfondre, à ne rien faire, serait la pire des erreurs. Aussi chercha-t-elle rapidement un travail, n'importe quelle activité qui pourrait contribuer à l'extraire des noirceurs de son mal-être. Ainsi postula-t-elle à l'annonce de recrutement pour un poste de serveuse qu'un nouveau restaurant venait de diffuser dans un journal local.

Elle partageait avec le patron l'atypique singularité de n'avoir aucune expérience dans ce domaine. Peut-être fut-ce la raison pour laquelle Luis l'embaucha aussitôt. À moins qu'il ne fût tombé fou d'amour à cet instant.

Une parfaite osmose s'installa entre eux durant toute l'année. Une merveilleuse relation professionnelle et amicale que Luis s'évertuait à entretenir malgré ses profonds sentiments. Mais un soir, tout bascula.

9

Prétextant une réunion de travail, il invita Marina à dîner, le jour de fermeture de son propre établissement. Il lui proposa celui attenant au sien. Un excentrique restaurant français qui rendait hommage à Georges Brassens : Les copains d'abord. La cuisine ne recelait rien d'extraordinaire, mais régnait dans ce lieu une mélancolique ambiance délibérément « franchouillarde ». Une décoration surannée, composée d'affiches et de photos en noir et blanc dont personne ne doutait qu'elles avaient été dédicacées par Brassens en personne, et un fond musical – que beaucoup de Français auraient pu trouver ringard – contribuait à immerger totalement les clients au cœur d'un vieux bistrot parisien des années 50. Mais l'endroit n'était fréquenté que par une authentique faune madrilène, à la recherche d'un peu d'exotisme. Et puis, le contraste entre les discussions bruyantes et animées en espagnol et les paroles des chansons de Jean Ferrat ou de son homologue sétois se montrait, somme toute, amusant.

Luis ne put attendre ce moment d'euphorie procuré par les vapeurs d'alcool, comme il l'avait planifié.

Il s'était imaginé, il est vrai, que seuls quelques verres auraient pu stimuler le courage de se lancer enfin. Lui donnant ainsi la force de lui révéler l'étendue des sentiments qu'il éprouvait pour elle, l'audace de mettre son cœur à nu dans des confidences qu'il redoutait tant, tellement ne pouvait-il présager la nature de sa réaction.

Mais il ne put retarder cet instant. Avant même que l'apéritif ne soit servi lui parlait-il déjà d'amour et d'absolu.

Ils avaient commandé un magret de canard arrosé d'une sauce originale à base de chocolat. Il s'avérait délicieux, mais à peine purent-ils l'entamer. Ils riraient de cette anecdote encore bien des années plus tard. « Il est bien dommage que les débuts d'un amour puissent couper l'appétit à ce point ! » dirait l'un. L'autre répliquerait : « Oui, c'est vrai, on s'aime toujours autant et pourtant, on le mangerait volontiers, ce magret maintenant ! »

Aucune véritable histoire d'amour ne devrait être racontée dans le détail. Personne ne comprendrait de toute façon. Puis, des vraies, il y en a eu bien peu dans ce bas monde, finalement. Mais celles-ci n'appartiennent qu'à celles et ceux qui les ont vécues, pour l'éternité.

Marina et Luis restèrent unis jusqu'à la mort.

10

Cinq ans après leur union, ils durent fermer leur restaurant. Une série de malversations diverses commises par des employés peu scrupuleux, de fautes de gestion et de non-clairvoyance assumées par Luis également les avaient conduits irrémédiablement vers une liquidation judiciaire.

Ils étaient criblés de dettes, ruinés et pourtant plus soudés que jamais. Les preuves des authentiques amours ne se révèlent finalement qu'en plein cœur du cyclone qui aurait dû entraîner le couple vers le néant. Mais dans ces instants, Marina et Luis ne pensèrent nullement à la façon dont d'autres auraient réagi face à une catastrophique situation similaire. Ni à quoi que ce soit. Ils savaient seulement qu'ils allaient, ensemble, surmonter toutes les épreuves dont le destin avait voulu les accabler, par l'unique force de leurs sentiments, et qu'ils en sortiraient grandis. Peu importait si pour la plupart cela aurait été infranchissable. « Demain, il fera jour », se disaient-ils, pas simplement pour se rassurer mutuellement, mais surtout parce qu'ils en étaient persuadés.

Ils quittèrent Madrid et l'Espagne, et revinrent en France, sans un sou en poche.

Ils se posèrent à Espelette, un village basque près de Biarritz, connu dans le monde pour son célèbre piment. Un fidèle ami de Luis, le seul en fait, avait insisté pour qu'ils s'installent dans sa petite maison secondaire, en attendant des jours meilleurs. « Et puis, on s'en fout du temps, tout le temps qu'il vous sera nécessaire, et bien plus ! » avait-il ajouté.

Lors de leur emménagement, l'état de Marina, pourtant toujours d'humeur positive, même dans les pires moments, inquiéta

Luis. Elle lui apparaissait soudainement amorphe, lasse et comme baignée d'une tristesse absolue.

Luis s'étendit contre elle et lui caressa consciencieusement ses longs cheveux outre-noir, qu'il avait imaginés, un jour de démence, avoir été le seul modèle d'inspiration pour le peintre Pierre Soulages.

Sa tête posée contre la poitrine de son amour, Marina éclata subitement en sanglots. « Je viens de passer un test de grossesse et je suis enceinte », lui dit-elle.

Ces quelques secondes incarnèrent certainement les plus magiques de la vie de Luis.

Il pleura aussi, comme un gamin, mais d'un bonheur indescriptible. Trouver le sommeil lui fut impossible. Marina s'était endormie contre lui. Ses caresses l'avaient rassurée et ses paroles réconfortantes lui avaient ouvert les portes d'une douce félicité.

Le jour ne s'était pas encore levé que Luis partait déjà à la recherche d'un travail, n'importe lequel. Celui qui lui permettrait d'accéder à l'honneur de subvenir aux besoins de sa petite famille.

11

Il avait repéré – la veille – un chantier de maisons individuelles qui se bâtissaient, dans ce qui était certainement un nouveau lotissement.

Le chef se montra surpris de rencontrer un Européen de souche, Français de surcroît, postuler pour un poste d'ouvrier. Mais il ne lui posa aucune question. Comme il n'arrivait jamais à atteindre son quota de manœuvres par manque de candidats, il lui proposa un contrat d'essai, que Luis accepta sur-le-champ.

Les premiers temps, Luis ressentit presque un apaisement dans l'épuisement physique qu'il s'infligeait, mais aussi dans ce qu'il aurait pu considérer comme étant une certaine soumission envers les maçons qui le dirigeaient. Ceux-ci n'étaient pas réellement «racistes», bien que la plupart d'origine maghrébine. Mais ils trouvaient cocasse qu'on pût leur mettre à disposition un manœuvre «français». Cela était de bonne guerre finalement, tellement avaient-ils dû souffrir de cette discrimination par le passé.

Luis vivait cette expérience comme une sorte de repentance, comme s'il voulait expier de son âme toutes les erreurs d'appréciation commises lorsqu'il était restaurateur.

Seul, cela n'aurait eu vraiment aucune importance. Il n'aurait perdu que du temps, de l'énergie et beaucoup d'argent. Mais il ne l'était plus. Il devait désormais se montrer digne de sa compagne qu'il avait entraînée dans cette galère et de son bébé qui allait bientôt voir le jour et qu'il aimait déjà à la folie.

Ses misérables souffrances physiques, les humiliations qu'il acceptait avec résignation ne représentaient rien en comparaison de son bonheur d'accomplir la tâche qui lui incombait. Se battre jusqu'à la mort pour sa petite famille incarnait une responsabilité et un honneur sacré que le ciel avait eu la bonté de lui confier. Son total dévouement dans la mission qu'on lui avait octroyée ne ressemblait en rien à un quelconque sacrifice. Mais juste le devoir divin qui lui échoyait et qu'il exécutait avec l'enthousiasme d'un homme nouveau.

12

Leur enfant naquit le jour même où le chantier du lotissement se clôturait. Peu importait alors à Luis de savoir que son contrat de travail se terminait. Il tenait dans ses bras sa fille, un petit être de lumière que sa maman et lui décidèrent de prénommer Estrella. Car il ne pouvait en être autrement.

Luis avait demandé à passer la nuit à la clinique de la maternité, mais il lui fut impossible d'envisager l'idée de dormir cette nuit-là.

Il resta immobile de longues heures, agenouillé devant le berceau, subjugué par l'étrange magie de ses émotions. Il contemplait sa fille en se délectant de ces moments qui, il en avait bien conscience, demeureraient ancrés dans sa mémoire à jamais.

En sortant de la clinique, au petit matin, il se mit à la recherche d'un autre travail. Il possédait une petite expérience dans le bâtiment, aussi ce milieu lui parut-il plus judicieux que d'autres pour obtenir une embauche rapide. Il savait que dans ce secteur, les offres s'avéraient bien supérieures aux demandes.

Il se présenta à l'aube dans un chantier et il sollicita un ouvrier afin de parler au patron.

Celui-ci arriva en fin de matinée. Un colosse de presque deux mètres de haut pour au moins cent vingt kilos traîna sa lourde carcasse face à lui, un gros cigare aux lèvres. Malgré son âge, avoisinant visiblement la soixantaine, tout en lui trahissait une jeunesse de rugueux rugbyman.

— C'est pour quoi ? s'enquit-il.

Luis avait longuement observé la façon dont travaillaient les maçons de son ancienne entreprise, et franchement, leur art dans la maîtrise de ce qu'ils accomplissaient ne lui apparaissait pourtant pas de l'ordre de l'insurmontable.

— Auriez-vous besoin d'un « semi-maçon » ? demanda Luis au patron qui aussitôt explosa de rire.

— Mais tu es complètement toqué, toi ! lui rétorqua-t-il lorsque les spasmes de son hilarité purent s'estomper. Soit tu es maçon, soit tu es manœuvre... donc, choisis !

— Alors, je suis maçon, lui affirma Luis droit dans les yeux.

— Très bien. On se retrouve ici demain à huit heures pour un essai.

Et cela s'arrêta là. Le géant se dirigea vers le chantier, apostropha et insulta bruyamment quelques ouvriers, avant de retourner à sa voiture et de quitter les lieux.

Le lendemain, Luis se présenta sur place une heure avant leur rendez-vous.

Le patron, lui, arriva comme convenu à exactement huit heures. Ses consignes furent claires. Il n'était pas du genre à parler pour ne rien dire.

— Voilà, dit-il à Luis, tu as la journée pour bâtir ces murs. Voici les plans. Je reviendrai à dix-huit heures. À ce soir.

À dix-huit heures précises se présenta le chef. Tout dialogue lui semblait superflu, aussi resta-t-il silencieux. Il inspecta minutieusement les murs érigés par Luis. Puis il sortit de sa poche un fil à plomb pour contrôler leur verticalité.

Il parla enfin.

— Oui, tout est parfait, tu es bien maçon. Tu es embauché. Va voir demain matin les conditions du contrat avec le secrétariat et, si tu es d'accord, tu commences lundi.

Luis n'eut pas le temps d'exprimer sa reconnaissance ou de rétorquer quoi que ce soit. Le patron était déjà parti, comme un ours solitaire allant rejoindre sa caverne.

Peut-être était-il pressé de retrouver la sérénité de sa tanière, car tout dans son comportement trahissait son incommensurable isolement. Ou pressentait-il qu'il devait abandonner Luis à cet instant… qu'il fallait lui fournir ce moment où, seul, il pourrait se laisser aller à pleurer de félicité ?

Quelques mois plus tard, Luis vénéra cet étrange mystère du destin qui lui offrait, comme par magie, le privilège d'exercer le plus noble des métiers du monde.

Il bâtissait des maisons de ses mains, et se construisait lui-même, parpaing après parpaing, en tant qu'homme.

À vrai dire, maçon représentait certainement la deuxième des plus belles fonctions de cette planète, juste en dessous de celle de « maman », activité à plein temps professée par Marina auprès de leur petite merveille, Estrella.

13

— Il te faut une partenaire maintenant pour travailler réellement, déclama un jour le vieil homme à la petite. Une sparring-partner, et cela se paye. Tu vois, c'est l'inconvénient avec le judo, tout fonctionne à l'envers, car il n'y a pas d'argent dans cette activité, contrairement au tennis, par exemple. Tout est paradoxal. Les rares professeurs plus ou moins compétents font travailler un groupe, pas un individu. Si on travaille avec quelqu'un, on passe autant de temps à travailler sur lui que sur son partenaire. On donne à manger à l'un et à l'autre. Moi, je me fous de l'autre, je me suis engagé avec toi, parce que je l'ai voulu, et je n'en attends aucun retour. Par chance, j'ai de l'argent. Trouve-moi une de tes copines, de ton poids, qui accepterait un job. Celui d'être ta partenaire d'entraînement... deux heures à ton seul service, rémunérée 300 euros la séance.

Estrella, émue et troublée, ne savait que répondre. Son embarras se montrait palpable.

— Je suis extrêmement gênée, Roberto...

— Bababa... Arrête tes balivernes, petite ! Si je fais quelque chose, je le fais vraiment ou je ne fais rien... Viens avec une partenaire la prochaine fois ou ne viens plus... Je la payerai en espèces après chaque session... La discussion est close !

Estrella savait qu'il serait inutile de le contrarier.

Ornella, la sparring-partner d'Estrella, passa toute la séance à subir ses placements, puis à tomber bruyamment sur le tatami. Roberto voyait bien qu'Estrella paraissait confuse, gênée par cette situation inédite pour elle. Elle semblait considérer les chutes qu'elle infligeait à son amie comme une forme d'humiliation. Aussi essayait-elle, tant bien que mal, de les contrôler pour la préserver.

— Non, petite, arrête immédiatement cette mascarade ! Quand tu la fais chuter, fais-le vraiment ou sinon vous pouvez partir tout de suite toutes les deux ! Les chutes te font peur, toi ? demanda-t-il à Ornella, inquiète de la colère de l'entraîneur.
— Non, du tout, répondit-elle.
— Alors, on reprend.
Pendant toutes les séances, le vieil homme imposait un entracte. Toujours aux mêmes heures, lorsque le soleil en venait à toucher l'horizon.

Il invitait les jeunes filles à s'installer confortablement sur le canapé extérieur, sous le porche, face au spectacle extraordinaire du ciel s'illuminant de mille couleurs. Il leur servait à boire et s'asseyait ensuite sur son rocking-chair en silence.

« Travailler le corps et l'esprit serait futile si on ne se préoccupait pas de son âme », avait-il dit un jour, sans qu'il ne comprenne lui-même le sens profond de ses propos.

Puis, lorsque la voûte céleste s'était obscurcie sur le paysage mutique, comme des paupières fatiguées par tant de beauté, la besogne reprenait, jusqu'à l'heure exacte de la fin de prestation prévue pour la partenaire.

14

Le vieil homme avait toujours pressenti l'étendue du désarroi qui oppressait Estrella. Depuis le début, depuis le moment même où elle était venue le retrouver dans ce trou perdu au bout du monde.

Il en connaissait aussi les raisons profondes. Mais il était primordial qu'elle s'exprime enfin. Qu'elle libère par ses mots toute la pesanteur de son être.

— Parle-moi, petite, dis-moi tout, lui demanda un jour le vieil homme.

Elle commença à raconter son histoire pour la première fois de sa vie.

Elle venait d'avoir sept ans. Ses parents l'emmenèrent cet été-là en Espagne. Ils avaient décidé de séjourner dans le village natal de Luis, perdu dans les montagnes des Asturies. Espinaréu ne représentait qu'une poignée de maisons rustiques se blottissant les unes contre les autres au milieu d'un paysage verdoyant et rocailleux. Un village de conte de fées, composé de bâtisses de pierres, de bois et de tuiles, déjà bien ancré dans l'imaginaire d'Estrella et de sa maman, tellement Luis leur en avait parlé. Mais elles ne le découvrirent jamais.

Les souvenirs de ce jour-là lui resteront confus à jamais.

Un long périple en voiture sur des autoroutes, puis sur des voies rectilignes. Assise sur un siège d'enfant, croit-elle se rappeler, gênée aussi par la ceinture de sécurité contre son torse.

Puis, ce furent les interminables virages et lacets d'une étroite chaussée qui montait inlassablement entre une paroi de roches, comme découpée au laser, et un précipice vertigineux où s'étalait un paysage majestueux de vallées et de montagnes bleutées.

Ce dont elle est certaine, par contre, c'est qu'elle mâchouillait le bâton de réglisse que sa maman lui avait donné. Pour la première et dernière fois, car plus jamais elle ne voulut en reprendre. « Le goût est bizarre », lui avait-elle dit. « Ça va t'aider à calmer ta toux, mon ange », lui avait répondu Marina. La saveur ne se montrait finalement pas désagréable et elle éprouva même du plaisir à mastiquer un morceau de bois.

Son papa se trouvait dans un état euphorique à l'idée d'arriver bientôt à destination, aussi avait-il mis de la musique pour rompre la monotonie du bruit du moteur. Un album imprégné de la culture celte des Asturies, avec pour instruments principaux la gaïta (cornemuse asturienne), les violons, les flûtes et les accordéons. Elle saura un jour que cet album était une réalisation du groupe Hevia, qui avait associé la musique ancestrale celtique aux couleurs électroniques mélangées à des sonorités orientales.

Des haut-parleurs diffusaient à tue-tête ce son envoûtant et elle souriait de félicité en mâchonnant sa racine de réglisse.

Elle se souviendra vaguement des propos humoristiques de son papa qui faisait mine de pester contre ce camion devant eux, qui peinait à gravir la pente abrupte que lui imposait cette route de montagne.

Par contre, elle se rappellera à jamais que le véhicule transportait, dans sa benne ouverte, d'énormes troncs d'arbres retenus par des sangles.

De même, ne pourra-t-elle effacer de sa mémoire que, pour une raison qu'elle ne voudra jamais connaître, quelque chose se brisa à cet instant. Elle ne crut jamais à une avarie technique, mais plutôt à une injuste malédiction du destin.

Soudain, des dizaines de troncs dévalèrent vers eux, en rebondissant sur le bitume.

Une énorme souche percuta violemment le pare-brise de la voiture, tuant ses parents sur le coup.

15

Ensuite, tout deviendra nébuleux dans la mémoire d'Estrella. Seuls lui resteront un amalgame diffus d'émotions disparates et refoulées… et les quelques images furtives de l'horreur absolue, embrumées par le besoin vital de l'oubli.

On lui expliqua un jour qu'elle fut placée chez sa tante Claudia qui accepta de l'adopter malgré le fait qu'elle ne l'avait jamais rencontrée. Marina et sa sœur cadette étaient en effet fâchées bien avant sa naissance. Elle ignorait la raison de leur querelle et ne voulut jamais la connaître.

Ainsi, Claudia récupéra-t-elle la petite Estrella dans son modeste logement d'Aubagne, cité proche de Marseille, où elle survivait de boulots saisonniers.

Certaines mauvaises langues se risquèrent à prétendre que son geste d'adoption ne se voulait pas désintéressé, que son nouveau statut lui ouvrait la porte d'aides sociales supplémentaires, tel que le bel appartement flambant neuf que la mairie lui octroya aussitôt. Estrella se contentait d'écouter les propos des parents que relayaient ses copines d'école sans commenter leurs médisances. Elle était bien trop jeune pour trouver des arguments pour la défendre ou la blâmer.

Mais l'inexplicable sensation de vide qu'elle situait quelque part au fond de sa gorge grandissait avec elle, anniversaire après anniversaire.

Elle n'était pas mal traitée par Claudia, loin de là. Elle souffrait juste en silence de se révéler transparente à ses yeux.

Sa jeune tante menait sa vie comme elle l'entendait, c'est tout. Avec le recul des années, elle comprit que Claudia devait certainement se prostituer à l'occasion, en se rappelant ces soirs où elle devait rester enfermée dans sa chambre, une petite heure au maximum, lorsqu'elle recevait un « copain » qu'elle n'avait jamais vu auparavant.

Pourtant, son étrange éducation contribua malgré tout à la rendre très vite autonome. Elle sut faire ses devoirs toute seule, se préparer son dîner et à quelle heure elle devait aller se coucher, lorsque Claudia passait la nuit à faire la fête ou autre. Mais elle ne manqua jamais de rien. Des montagnes de cadeaux la comblaient de bonheur à Noël et à ses anniversaires. Claudia lui fit essayer plusieurs sports et c'est ainsi qu'elle commença le judo avec Roberto, non pas parce qu'il ne demandait aucune cotisation, mais parce que sa réputation méritait qu'elle y emmenât sa nièce deux à trois fois par semaine, quitte à faire des kilomètres.

Lorsque Roberto ferma sa salle, Estrella continua à pratiquer son activité favorite à Aubagne, à quelques mètres de chez elles.

Et ce fut Claudia qui insista quelques années plus tard, auprès d'un « copain », élu de la Ligue judo, pour qu'Estrella intègre la section sportive du Pôle espoirs, malgré ses maigres résultats d'alors.

Rien n'est simple dans ce bas monde. Il existe entre le yin et le yang une minuscule frontière grise où se diluent le noir et le blanc. Il serait aisé de blâmer Claudia d'avoir agi ainsi pour se débarrasser d'Estrella, enfin placée dans un internat.

Mais peut-être faudrait-il la glorifier au contraire de lui avoir donné une chance unique de se sublimer à travers ce sport qui incarnait sa raison d'être.

La vérité réside probablement dans cet étroit no man's land où le blanc et le noir ne font plus qu'un.

16

Le vieil homme avait fermé les yeux pour écouter religieusement le récit d'Estrella, immergé dans ses paroles. Il gardait le silence lorsque la petite ne pouvait qu'interrompre son monologue qu'il espérait libérateur. Roberto percevait l'étendue de son désarroi et seul un total mutisme de sa part pouvait lui permettre de poursuivre.

Durant ses longues secondes de pause, Roberto se laissait flotter sur des eaux troubles de souvenirs de jeunesse.

Il y avait bien longtemps, son unique et véritable ami, Yves Klein, venait de quitter ce monde. Pourtant, le ressentait-il toujours auprès de lui. Une sensation réelle et palpable, au-delà de l'entendement, qu'aucun mot ne pourrait transcrire. Yves lui parlait, manifestait sa présence en déplaçant ou en faisant disparaître des objets, parfois en apparaissant physiquement devant lui dans un halo de lumière, aussi bleu que son bleu profond. Dix ans après son départ, Roberto se dit qu'il serait peut-être temps de rechercher des réponses à ses interrogations. Il voulut savoir si ces étranges phénomènes n'étaient étroitement liés à la relation qu'ils continuaient à partager, puisqu'il n'avait de cesse de promouvoir son œuvre partout dans le monde. Il se demanda s'ils persévèreraient après quelques mois de recul, voire quelques années sabbatiques dans son travail.

Un besoin de s'éloigner des toiles d'Yves accrochées sur tous ses murs le gagna subitement. Le lieu importait peu, sinon qu'il fût quelque part de l'autre côté du globe.

Sur un coup de tête, il fourra rapidement quelques affaires dans une valise et appela un taxi. À l'aéroport, il demanda quel serait le premier vol pour la destination la plus distante, le prix ne posant aucun problème. L'hôtesse lui annonça qu'il restait possible d'embarquer pour Lhassa-Gonggar, au Tibet, mais la République populaire de Chine exigeait un visa. Roberto fouilla dans son sac et retrouva le document qu'il avait obtenu pour une des premières rétrospectives de l'œuvre d'Yves, quelques mois après son décès. Un aller-retour Paris-Pékin qu'il s'était infligé, la mort dans l'âme. De nombreuses expositions avaient été par la suite programmées un peu partout en Chine, dans un planning étalé sur plusieurs décennies. Aussi, l'ambassadeur français avait interféré en sa faveur auprès de l'administration chinoise qui lui avait fait l'honneur de lui décerner un visa permanent pour l'Empire céleste, autre nom de ce pays démesuré.

17

Dès son arrivée au Tibet, Roberto loua une voiture et roula droit devant, sans but précis. En l'ignorant, il se dirigeait vers l'Himalaya, mais peu lui importait. L'air semblait se raréfier. Le soleil allait se coucher et la magie du hasard l'avait conduit jusqu'à une ruine, qui en fait était un monastère. Comme il ne savait où dormir, il demanda l'hospitalité à la petite communauté de moines des lieux. Ils lui offrirent le gîte et le couvert pour la nuit qui en réalité se révèlerait être une période bien plus longue. Quelques jours plus tard, il rapportait le véhicule de location à l'aéroport. Puis montait à bord d'un autocar déglingué qui le reconduirait jusqu'au monastère où il séjournerait deux années.

Dans la quiétude de sa minuscule cellule, il apprendrait à méditer et à s'interroger sur les plus grands mystères de l'existence... la vie, les rêves, la signification de la mort qui n'est qu'un retour à la lumière fondamentale...

Il comprendrait que tout être vivant possède ce « don divin » lui permettant de communiquer avec les défunts qui lui sont chers. Certains, peut-être, plus que d'autres à l'origine. Mais cette capacité innée peut se développer avec le travail, quelle que soit sa disposition naturelle.

Il percevrait qu'Yves – toujours aussi présent ici qu'il ne l'était en France ou ailleurs – refusait de partir. Car il excluait totalement l'idée même de sa mort. Cela pouvait se comprendre. Il était si jeune et avait encore tellement de choses à accomplir. Tant de projets à mener à terme avec son fidèle Roberto.

Mais il réaliserait surtout qu'Yves n'avait nulle lucidité sur son état. Son âme persistait à le maintenir dans la dimension du vivant. Et elle n'aspirait qu'à protéger son ami, sans vouloir le blesser ou le faire souffrir.

Roberto sut à ce moment-là que la tâche lui incombait d'aider le passage d'Yves du monde des vivants à celui des morts. Ce jour était venu. Son devoir lui commanda donc d'utiliser cette faculté qui s'était révélée à lui. Ce pouvoir de « passeur d'âmes » que chacun possède en réalité, mais dont bien peu ont conscience.

Deux ans jour pour jour après son installation au monastère, Yves fut enfin libéré.

Il s'envola alors vers le monochrome bleu outremer d'un ciel enveloppant l'autre monde.

Le lendemain, Roberto attendit dans le froid la venue de l'autocar démantelé. Cette fois-ci, il était rafistolé, par-ci par-là, de simples tôles aux couleurs érodées par la rouille. Il descendait péniblement d'on ne sait où. Certainement de villages glacés perchés encore plus haut dans les cimes. Il trouva une place, se contentant d'une sorte de siège d'appoint en bois. Après un périple tortueux, le vieux mammouth de ferraille s'arrêta enfin devant la station terminus de sa destination, à l'aéroport. Il patienta quelques heures avant de pouvoir s'envoler vers Paris.

18

Lorsque la petite eut fini, il lui parla à son tour.

— La mort n'est pas la fin de tout, lui dit-il. Ce n'est que la dissociation du corps avec l'âme. L'âme, elle est éternelle, elle est énergie. Et elle ne se trouve pas ailleurs, quelque part dans l'univers, le ciel ou va savoir où selon les croyances religieuses. Les défunts sont toujours bien là, mais juste sur une fréquence vibratoire différente. Ces âmes, ces forces qui survivent à la mort, ont gardé leur conscience et peuvent parfois interagir avec le monde des vivants. Les disparus ont le choix, une fois passés dans la lumière, de se réincarner aussitôt dans une nouvelle vie, un nouveau corps. Ou rester apaisés dans cette autre dimension lumineuse. Enfin, ils peuvent aussi demeurer près de leurs proches pour leur servir de guides. Ta maman et ton papa sont dans ce cas. Je le sais, petite, depuis le premier jour où tu es venue me retrouver ici. C'est une certitude. Je ne pouvais t'en parler avant que tu t'exprimes. Ce lien énergétique avec tes parents est très puissant et ne peut se disloquer seul. Ta grande tristesse t'empêche non seulement d'être heureuse, mais maintient également cette attache fermement nouée avec les défunts. Marina et Luis sont incapables de te consoler, mais doivent rester à tes côtés, te voir souffrir sans pouvoir y remédier. Serais-tu prête maintenant à les laisser partir ? lui demanda Roberto.

Estrella plongea ses prunelles embuées, couleur lagon délavé par des larmes, dans son regard. Et sans un mot, elle acquiesça d'un imperceptible signe de tête.

— Ferme les yeux, lui dit-il en enveloppant ses mains dans les siennes.

Durant de longues minutes, il ne se passa rien.

Puis, Estrella ressentit une étrange vibration en elle. La fusion entre une ardente chaleur et le déferlement d'un curieux souffle glacé l'électrisa.

La suite se déroula comme une délivrance.

Toute la pesanteur de sa paradoxale perception de vide, concentrée quelque part au fond de son être, se dissipa aussitôt. Elle ressentit comme une explosion de couleurs, de lumières incandescentes qui retombaient lentement sur l'infini de son âme. Comme un feu d'artifice divin, celui de la vie à l'échelle cosmique, dont le bouquet final serait éternel.

Elle trouva immédiatement la paix au plus profond de son cœur. Ses parents pouvaient désormais partir vers la lumière et continuer leur chemin, elle le savait maintenant. Ils se sentaient soulagés qu'elle ait abandonné ce monde de tristesse qui n'avait pas lieu d'être.

Puis Estrella resta un moment plongée dans une émotion indéfinissable. Elle aurait pu l'assimiler à de la joie ou du bonheur. Mais cela incarnait bien plus. Aucun mot ne suffisait à décrire ce qu'elle ressentait.

Ses parents avaient enfin rejoint cette dimension où tout se présentait tellement plus beau et léger. Rien d'autre n'avait plus d'importance pour elle, dorénavant.

La petite, épuisée et apaisée, dormit vingt-quatre heures sans discontinuer. D'un lourd sommeil sans rêve aucun.

19

Par un tacite acquiescement, jamais ils ne parlèrent de ce qu'ils avaient partagé ce soir-là.

Les séances avec Ornella durèrent encore six longs mois, pendant lesquels Roberto essayait de se remémorer ses réflexions et ses théories sur l'art du judo. Cela était bien loin, certes. Mais si son corps subissait irrémédiablement les sévices de l'âge, sa tête avait été miraculeusement épargnée. « Finalement, tout n'est qu'une question de bon sens », se rassurait-il. Même s'il n'avait jamais connu l'opportunité d'exercer au plus haut niveau, il avait conservé au fond de lui l'inavouable prétention d'être bien plus compétent que la plupart de ceux qui se dénigraient eux-mêmes en s'octroyant le qualificatif d'« entraîneurs ». Pour lui, dans les arts martiaux, les seuls termes adéquats définissant cette fonction seraient « guides », « apôtres du judo », « professeurs » ou, pour garder la noblesse originelle de cette mission, pourquoi pas « Senseis ». Il relut avec délice son ouvrage édité dans les années 60 et, comme il en avait oublié le contenu, en apprit beaucoup de choses. La structure de *L'art du combat* avait été calquée sur le livre millénaire de Sun Tzu, *L'art de la guerre*.

Il était découpé, comme lui, en treize chapitres sous-titrés d'une citation qu'il avait empruntée à son auteur.

Il se souvient avoir eu, en le rédigeant, la gênante impression de plagier l'illustre général chinois, tellement ses théories s'appliquaient dans le domaine du judo.

C'était comme si Sun Tzu avait écrit un ouvrage sur le judo, des siècles avant sa création par Jigoro Kano.

Après le départ de la petite, le vieil homme s'installa sur son rocking-chair face aux lueurs du jour qui tombait.

Ce soir-là, de lourds nuages sombres encombraient la voûte céleste et paraissaient couvrir la campagne d'un manteau majestueux et rassurant. Ils semblaient annoncer un orage, peut-être même une tempête. Un éclair zébra l'infini, puis un tonnerre gronda au loin. Bien que la température extérieure fût restée clémente, Roberto se trouva aussitôt transi de froid et de frissons.

Mais la douce émotion de plénitude qui l'avait envahi, comme s'il s'était senti en totale communion avec le ciel qui s'obscurcissait, l'incitait à demeurer sur place.

Il ferma les yeux et pensa à une des citations de Sun Tzu : « Le meilleur savoir-faire n'est pas de gagner cent victoires dans cent batailles, mais plutôt de vaincre l'ennemi sans combattre. » Finalement, le vieil homme, grelottant, se leva lentement et recouvra la chaleur de son foyer. Une fois confortablement installé dans son fauteuil sans âge au cuir élimé par l'usure et le temps, face aux braises incandescentes de la cheminée, il déclencha de sa télécommande la diffusion d'une musique. Celle que son cœur lui demandait d'écouter en boucle : *Time On My Hands*... une chanson des années 30 reprise par Bryan Ferry. Une musique surannée, d'une tristesse et d'une gaieté absolues à la fois. Une musique hors du temps, tournoyant autour d'une spirale magique de douceur et de nostalgie. Elle signifiait pour lui la fin de l'amour. La fin de son existence en quelque sorte. Plus de vingt ans auparavant. Déjà les slows commençaient à devenir des concepts ringards aux yeux d'une jeunesse qui se dirigeait vers le néant d'une société sans repère aucun. Il était déjà vieux, elle dans la fleur de l'âge. Pourtant, ils avaient l'avenir devant eux. Nina était son dernier amour, enceinte de lui, à leur plus grand bonheur. Ce n'était certes pas très raisonnable. Aussi dansaient-ils interminablement, bercés par cette douce mélodie d'une époque qui jamais hélas ! ne reviendrait. Serrés l'un contre l'autre, ils se disaient en s'esclaffant que la vie ne valait d'être vécue sans véritable folie. Nina riait puis pleurait aussitôt de bonheur. Elle séchait alors ses larmes sur l'une de ses manches, abandonnée dans les bras de Roberto, portée par la voix chaude et soyeuse de Bryan Ferry et les notes de son piano.

Le jour tant attendu de l'accouchement, aucun des abrutis des soi-disant docteurs de la clinique n'arriverait à lui expliquer les raisons du décès de Nina et de leur fille. Un sinistre personnage en blouse blanche, visage caché derrière le masque de leur sordide carnaval, lui récita le discours rodé de sa prestation. « Toute l'équipe médicale a fait ce qu'elle a pu, mais malheureusement… » Et bla-bla, bla-bla… Roberto se jura de tous les exterminer un jour. Il ne le ferait jamais, il le savait bien (bien qu'il en doutât parfois). Mais seule cette pensée arrivait à le maintenir debout.

La nuit s'écoula et un jour nouveau venait de naître, comme une réincarnation après une mort.

Le vieil homme essaya de chasser de sa tête ces insupportables souvenirs. S'il voulait encore survivre quelque temps, il devait se concentrer sur l'instant présent.

Il fallait désormais passer à l'étape supérieure et aborder enfin les paramètres technico-tactiques de l'affrontement.

Roberto résuma à Estrella ses conceptions de l'art du combat.

— « La garde de l'adversaire génère le sens de son déplacement et de son comportement durant l'affrontement. » On ne peut ainsi progresser sans assimiler les facteurs spécifiques de ses concurrents. Ils sont étroitement liés aux saisies des deux opposantes. Ils influencent les mouvements, les réactions, les axes d'attaque, de contre-attaques et de contres possibles, de l'une et de l'autre. En caricaturant, ces paramètres engendrent en fait deux « mondes parallèles ». Le « monde » du combat contre une adversaire de même garde, pour toi une autre gauchère. Ou l'autre, celui contre une adversaire en garde opposée, une droitière. Tu comprendras vite que les préparations d'attaque, les réactions, les actions-réactions, les opportunités sont radicalement inversées par rapport au type de combattantes que tu affrontes. Mais saisis surtout qu'un combat est un tout. Technique, tactique, facteurs psychologiques et spiritualité doivent fusionner dans la seule recherche du beau geste. Celui qui permet la victoire. Un combat n'est qu'une métaphore de la vie, finalement. Tu devras beaucoup travailler sur toi, pas que physiquement, pour réussir à surpasser tous les obstacles qu'elle ne manquera pas de te réserver.

Il demanda à Estrella de trouver une deuxième partenaire. Ornella étant comme elle, il lui fallait une droitière. Elle serait payée au même tarif, l'argent lui importait peu. Il arrêta d'un geste, avant qu'elles ne commencent, les répliques de la petite, confuse par autant de sollicitude à son égard.

Les mercredis furent consacrés au travail avec la droitière et les samedis avec la gauchère.

Le vieil homme programmait les séquences sans opposition. La petite devait inlassablement les répéter sur sa partenaire du jour. Des sortes de scénarios reflétant des phases de combat réel, sans résistance de la sparring-partner au début. Puis, au fil des séances, avec des interactions modérées se rapprochant des réalités du combat.

La panoplie des techniques d'Estrella s'étoffait ainsi semaine après semaine et sa palette d'attaques s'enrichissait peu à peu.

Le vieil homme dirigeait les manœuvres, lové dans son canapé, en sirotant des cafés ou un cognac, un cigare à la main.

Il s'emportait parfois quand l'exigence de ses consignes n'était pas parfaitement respectée. Quelquefois envers Estrella, mais la plupart du temps contre la partenaire du jour. La petite s'en sentait terriblement gênée. Elle se demandait comment Roberto pouvait présenter ces deux facettes diamétralement opposées. La gentillesse et la bienveillance qu'il lui témoignait dans ses actes au quotidien pouvaient subitement contraster par des comportements odieux lorsqu'il se laissait dominer par sa colère.

— Je suis ronchon, c'est vrai, lui disait-il souvent, mais tu savais depuis le départ que ma seule condition était la certitude de ton total engagement. C'est la raison pour laquelle j'ai finalement accepté de t'aider. Les rêves ne donnent que du travail, sinon ils ne resteront que de vagues songes. Qui d'ailleurs, comme les sentiments, n'ont aucune place au milieu de la longue route de tes ambitions. Ils ne seraient qu'embûches supplémentaires. Obstacles que tu aurais toi-même déversés sur ton propre chemin.

— Oui, j'avoue être trop sensible avec mes partenaires d'entraînement que vous avez eu la bonté de mettre à ma disposition… mais elles m'aident tellement sans se plaindre ! Par contre, c'est sûr, en compétition, je serai sans pitié, une tueuse…

— Je t'arrête tout de suite, petite. Tu fais fausse route.

Ce jour-là, le vieil homme commença à lui transmettre sa conception de la compétition.

— Lorsque tu comprendras que tu n'affrontes jamais une adversaire, mais toi-même en réalité, tu auras tout compris, reprit-il. S'engager dans cette voie dans le seul but de surpasser autrui, d'écraser l'autre serait le summum de la bassesse.

— Ah bon ? Je croyais justement que le but de la compétition était d'être plus forte que les autres…

— La compétition ne pourra jamais t'élever spirituellement avec cette vue d'esprit. Il te faut comprendre que tu ne devras jamais lutter contre une adversaire, mais une partenaire. Car aussitôt le début de l'affrontement, elle t'aidera à te transcender, à te surpasser. Pour que tu puisses tenter de résoudre la multitude d'obstacles qu'elle t'offrira grâce à son opposition.

— C'est comme si je devais combattre contre moi-même alors ?

— C'est exactement ça, oui. Une épreuve ne devrait être que cela et rien d'autre. Ce n'est qu'une métaphore de la vie, tout simplement. Un exercice divin pour tendre à se sublimer grâce à une adversaire. Un don du ciel pour connaître tes limites en osmose avec celle qui te posera des problèmes. Il va de soi que tous ressentis toxiques, tels que l'agressivité, devront être bannis, au moment où l'arbitre dira « Hadjime ». Colère, hargne, malveillance n'ont aucune place dans la dimension métaphysique de ce jeu, que tous pourtant appellent « combat ».

Cette discussion fit comprendre à Roberto qu'il serait opportun de consacrer plus de temps à l'échange et à la réflexion. Il instaura alors quelques minutes de « mondo » en fin d'entraînement. Dans la tradition japonaise, cela n'était qu'un dialogue entre le maître et son disciple, souvent structuré en « questions-réponses ». Mais grâce à ces moments, il lui semblait que la petite saisissait mieux. Elle commençait à intégrer peu à peu ses idées sur la notion même de la compétitivité, aussi bien au niveau sociétal en général que dans le domaine sportif.

Deux ans jour pour jour après le début de leur collaboration, Estrella engagea une conversation dont le vieil homme pressentit immédiatement la finalité. Il voyait bien où elle voulait en venir. Elle lui annonça sa participation aux championnats de France juniors et lui demanda quel était son avis sur le rôle du coach durant la compétition.

— Je vais être honnête avec toi, petite. Je n'irai jamais te suivre dans une quelconque compétition. Mon rôle est de te rendre autonome. Sinon, le travail réalisé et celui qui reste à venir ne serviraient à rien. Le principal se fait en amont. Le jour J, tout est déjà plié. Les coachs, qu'ils soient professeurs de clubs ou entraîneurs de structures, ne se tiennent sur la chaise que pour se faire mousser, pour leur ego personnel. Ils ont l'impression de jouer un rôle dans les combats, alors que le judoka est seul dans l'arène. Juste un conseil, petite… N'écoute personne, surtout pas le je-ne-sais-quoi que le sinistre individu sur son siège te criera durant les affrontements.

Cette année-là, Estrella remporta le titre de championne de France juniors et décrocha son baccalauréat.

Le vieil homme exprima son contentement uniquement pour sa réussite à l'examen et n'aborda que bien peu sa victoire. Il la considérait, somme toute, comme légitime par rapport à l'étendue du travail qu'ils avaient réalisé ensemble. Et surtout la juste récompense des efforts de la petite. Mais ce résultat ne représentait pour lui qu'une mince étape dans l'échelle de ce qu'elle avait, peut-être, le potentiel d'accomplir.

Par contre, son entraîneur du Pôle eut la stupidité de croire qu'elle ne devait son triomphe qu'à son seul travail. Roberto s'en amusa et se sentit plutôt content d'avoir contribué à la félicité d'un imbécile heureux. Cette victoire gonflait le palmarès de sa structure et peu importait que sa participation ne se soit limitée qu'à sa parfaite maîtrise d'un chronomètre. Celui-ci lui avait permis, inlassablement, de donner le signal de début et de fin des randoris (combats d'entraînement) irrémédiablement programmés sur quatre minutes, quelles que soient les périodes de la saison sportive.

Au grand désarroi d'Estrella, la Fédération française l'avait sollicitée pour intégrer l'INSEP dès la saison prochaine. Son titre national lui avait ouvert les portes de cet institut si envié, seul tremplin reconnu pour obtenir une chance d'accéder à l'élite. Elle savait bien qu'elle ne pouvait refuser cette opportunité. Pourtant, l'idée de devoir y adhérer lui donnait la nausée.

Tout d'abord, égoïstement, le vieil homme recueillit cette annonce avec soulagement. Revenir à sa vie d'avant, où il pourrait de nouveau se complaire dans sa solitude, lui était une pensée agréable.

Mais il se surprit à lui confier :

— Je te déconseille de monter à Paris, petite. Ils vont te cramer là-haut !

— Je ne veux pas y aller... Vous avez encore tellement de choses à m'apprendre ici... Mais je n'ai pas vraiment le choix. Et puis, je sens que ma tante aimerait bien que je parte enfin faire ma vie toute seule...

Ses paroles fusèrent avant même qu'elles ne fussent clairement formulées dans son esprit.

— Eh bien, remercie-la pour tout ce qu'elle a fait pour toi, et ne l'oublie jamais ! Je sais que tu lui seras éternellement reconnaissante. Quant à la Fédération, envoie-la paître avec beaucoup de diplomatie. Tu t'installes ici à l'année, dans ton dojo. Tu prendras ma chambre. Moi, je dors très bien sur le futon...

Toutes les étoiles de l'univers scintillèrent alors dans les yeux d'Estrella. Elle ne put retenir des larmes de bonheur qui ruisselèrent le long de ses joues.

— Ne dis plus rien, petite... mais sache que ce sera difficile... La Fédération t'en voudra à mort. Par contre, si tu gagnes, elle sera obligée de te sélectionner aux phases supérieures. À contrecœur certes, mais on ne peut aller contre les lois universelles du sport, même en restant hors structure. Tu trouveras une stabilité ici entre la préparation physique, le judo et tes études qui doivent demeurer ta priorité.

Estrella devint ainsi la petite-fille de cœur du vieil homme.

Un parfait équilibre s'était installé entre eux, et leur vie tournait autour de l'emploi du temps millimétré que Roberto avait programmé pour la petite.

Préparation physique cardiovasculaire dans la campagne, renforcement musculaire, séances technico-tactiques avec ses partenaires les mardis et jeudis et entraînement judo avec le Pôle

France pour la diversité des partenaires les lundis et mercredis. Pour faciliter les trajets aller-retour d'Estrella vers le campus de Luminy, et malgré ses protestations, Roberto lui fit passer son permis de conduire et lui acheta une voiture.

La méditation faisait, aussi, partie intégrante de son entraînement quotidien.

Ses journées commençaient invariablement par une heure de contemplation du grand tableau monochrome d'Yves Klein. Elle se tenait face à lui, assise à la japonaise, immobile, les mains posées sur le haut de ses cuisses. « Le bleu est la couleur de l'âme et de la sagesse », lui avait dit Roberto, « il représente la couleur céleste par essence. » Estrella, plongée dans les profondeurs de cette teinte si intense et pure, se sentait aussitôt envahie par une force et une énergie mystérieuses.

Ce bleu outremer, qui n'en était pas vraiment un, il était bien plus que cela, possédait l'étrange pouvoir de lui transmettre ses ondes positives, sa puissance électrique, tout en l'invitant paradoxalement au recueillement, au calme et à la réflexion.

Les soirs, elle se joignait à Roberto sur la terrasse. En silence, elle assistait avec lui à ce spectacle magique du ciel se métamorphosant lentement en sublimes dégradés de toutes les couleurs de l'univers, illuminant occasionnellement les nuages de pourpres exquis, de roses, de violets ou de rouges éclatants.

Pour la première fois de sa longue vie, le vieil homme se sentit vraiment heureux.

20

— Et voilà, il ne reste plus qu'à laisser mijoter à feu doux, longtemps, très longtemps, dit Roberto.

Il venait de montrer à Estrella comment il préparait son osso-buco. Une des passions de Roberto était la cuisine, et il passait des heures interminables aux fourneaux.

Il considérait qu'Estrella vouait un intérêt bien trop exclusif au judo, et qu'il n'était jamais bon de s'emprisonner à l'intérieur d'un seul engouement. Il avait déjà commencé à la sensibiliser à l'art et à la littérature et il s'était mis en tête de lui transmettre également son goût pour cette activité.

— Tu dois savoir cuisiner, petite, lui disait-il. Tu penses que je suis rétrograde, mais quand tu seras mariée, un jour, tu comprendras que les femmes ne peuvent garder leur conjoint que grâce à ce que tu sais, lui dit-il dans un rictus fripon, mais aussi par ce qu'elles leur disposent dans l'assiette… et encore, ils trouveront le moyen d'aller batifoler ailleurs, ces salopards !

Le vieil homme aimait plus que tout partager les dîners qu'il avait confectionnés avec la petite, heureuse de l'avoir vu peu à peu sortir de son mutisme initial.

Certains soirs, Roberto se montrait intarissable. Il parlait surtout de son ami, le seul qu'il n'ait jamais eu : Yves Klein.

Estrella l'écoutait religieusement, en regardant l'immense toile monochrome qui la fascinait.

— Approche ton assiette, lui dit Roberto qui, sans attendre son approbation, la resservait déjà.

Depuis qu'elle était chez lui, jamais elle n'avait autant mangé. Pourtant, étrangement, elle avait perdu naturellement du poids. Alors qu'elle envisageait de changer de catégorie tant elle avait du mal à passer sous la barre des quarante-huit kilos, désormais, quand elle montait sur sa balance, celle-ci restait stabilisée entre quarante-six et quarante-sept kilos maximum.

Roberto versa un peu de vin de Bandol dans sa coupe, à moitié vide ou à moitié pleine, selon la façon dont on voit les choses.

Malgré son jeune âge, le vieil homme l'avait tout de même initiée à l'œnologie. Selon lui, se priver des quelques plaisirs offerts par la vie serait une totale hérésie. Tout est une question d'équilibre, ne se lassait-il de lui répéter. Se soumettre à une existence monacale représente le meilleur moyen d'y renoncer brutalement, et de manière radicale. « Et puis, les bienfaits du vin, à dose raisonnable, ne sont plus à démontrer », concluait-il dans un clin d'œil malicieux.

Après le dîner, Roberto s'installait sur son canapé. Puis, quel que fût le temps, actionnait d'une télécommande l'ouverture des grandes baies vitrées à galandage. Là, il aimait fumer son cigare en sirotant son whisky japonais, tout en papotant un peu avec la petite. Dans ces moments, il mettait toujours un peu de musique de fond. Une playlist privilégiée où revenait sans cesse, sous diverses versions, sa chanson culte de Lou Reed, *Take a Walk on the Wild Side*.

— Ce sont vraiment des bâtards… lui dit-il ce soir-là.

Ils venaient d'apprendre la non-sélection d'Estrella pour les championnats d'Europe juniors, malgré son titre national.

La Fédération avait titularisé la numéro deux qui, elle, avait bien sûr accepté son intégration à l'INSEP.

— T'inquiète pas, petite, tu vas leur montrer de quel bois tu te chauffes.

La saison sportive allait commencer sur les chapeaux de roues. Et Estrella se sentait prête à renverser des montagnes.

Son titre national juniors l'avait directement qualifiée pour les championnats de France seniors. Roberto la percevait tendue avant son départ et culpabilisait de ne pas l'accompagner. Mais toutes ses profondes convictions se seraient écroulées comme un château de cartes s'il avait cédé à ce qu'il désirait pourtant ardemment dans son for intérieur. Non, vraiment, le meilleur service à lui rendre était bien celui de contribuer à son autonomie sur le long terme, se rassurait-il. « Elle est encore si jeune. Et puis, surtout, quelle importance, le résultat immédiat ? »

L'autre frustration, pour elle comme pour lui, consistait à savoir pertinemment qu'ils ne pouvaient rester en contact avant son retour. Le vieil homme, en effet, exécrait les moyens de communication autres qu'à « l'ancienne ». « Autres que ceux que le bon Dieu nous a offerts », disait-il. Il ne disposait pas de téléphone portable ni de ligne fixe. « Si on a quelque chose à me dire, on me le dit en face », ruminait-il sans cesse… « Et c'est une question de principe aussi, car, comme disait je ne sais plus qui, il n'y a que les domestiques que l'on sonne. »

Roberto, bien que maîtrisant parfaitement son ordinateur, ne rechercha pas à connaître les résultats du championnat. Rien de plus facile que de les trouver sur Internet. Il en était largement capable. Mais il aurait eu l'impression de céder à une curiosité malsaine. Il préféra attendre patiemment le retour de la petite.

Ce fut une des rares fois de sa vie où il n'assista pas au spectacle du soleil s'écrasant sur l'horizon.

Il avait passé une bonne partie de l'après-midi à tourner en rond, dans le silence de son jardin. Ses yeux habituellement, à cette heure-ci, naviguaient dans les lumières de l'infini. Aujourd'hui, ils restaient rivés sur les terres cuites et les sols argileux qui défilaient sous ses pieds. Enfin, il perçut au loin le faible ronronnement de la voiture d'Estrella. Une inexplicable pudeur lui commanda de se précipiter aussitôt chez lui, afin de dissimuler son extrême impatience.

Dès qu'il entendit l'arrêt du moteur, il sortit de nouveau, comme si de rien n'était. Personne n'arriverait à se convaincre de la crédibilité de son apparente désinvolture, il n'y croyait pas lui-même. La petite n'eut pas besoin de parler. Elle se dirigea vers Roberto, qui ne vit d'elle que son sourire lumineux.

21

À la surprise des barons de la Fédération, Estrella avait décroché le titre de championne de France seniors.

— Te voilà dans la cour des grandes, ma belle ! Les choses sérieuses commencent, s'extasia le vieil homme en l'accueillant les bras ouverts.

Bien que contrariés par cet électron libre, les entraîneurs nationaux furent obligés de la sélectionner au Grand Slam de Paris, un des plus importants tournois au monde.

Roberto trouva sur Internet une multitude de vidéos sur les grands prix récents. Ils purent ainsi étudier les profils de ses potentielles futures adversaires, qu'elles fussent françaises ou étrangères.

Trois semaines avant son échéance, qui visiblement l'obsédait, le vieil homme modifia radicalement le planning. Plus de confrontation en combats d'entraînement au Pôle Marseille ou ailleurs. Seulement quelques réglages avec ses partenaires, de légers footings de décrassage, des étirements et surtout de nombreuses séances d'imageries mentales. Estrella était allongée sur le dos, les yeux fermés, et visualisait son travail de garde et les divers schémas d'action en fonction du profil de la judokate que Roberto lui insérait dans la tête.

— Durant le combat, ne pense jamais au résultat, n'aie aucun état d'âme, cela serait la cause principale d'une contre-performance. Reste cependant uniquement centrée sur l'instant présent, sur les phases technico-tactiques pour lesquelles tu t'es entraînée, lui disait-il constamment en tirant sur son cigare.

Il y avait également ces instants spirituels de contemplation, devenus indispensables pour la petite. Elle pouvait désormais demeurer des heures devant le bleu sidéral d'Yves Klein. De même attendait-elle avec impatience les dernières lueurs du jour pour admirer les féeriques tableaux du crépuscule offerts par Dieu.

Roberto pressentait qu'Estrella ressassait une forme de culpabilité à l'idée de ne fournir aucun effort physique si près d'un objectif majeur.

— Tu sais, petite, le repos fait aussi partie de l'entraînement, crois-moi.

Avant son envol pour Paris, Roberto lui rappela qu'elle devait impérativement occulter ce que le coach pouvait lui brailler aux oreilles durant les combats.

— N'écoute personne, surtout pas l'entraîneur national, son gros cul posé sur une chaise, qui jamais ne t'a même vue… Considère-le comme un débile de plus qui t'encouragerait des gradins.

Le jour de son départ, le vieil homme n'en menait pas large, tendu et nerveux à l'extrême. Pourtant, il essaya, sans trop savoir pourquoi, de se présenter devant Estrella dans l'apparence d'une contenance aussi naturelle que désinvolte. Peut-être était-ce par simple réserve, afin de lui dissimuler son émotivité, pour éviter le risque de lui transmettre son stress ? Il comprit ce jour-là que jamais on ne cessait d'apprendre et de s'élever. Malgré son grand âge, il lui restait encore un long chemin à parcourir pour côtoyer les sommets spirituels qu'il tentait d'inculquer à Estrella.

Roberto accompagna la petite jusqu'à sa voiture, qu'elle devrait laisser quelque temps au parking de l'aéroport de Marignane. Puis il lui dit au revoir comme si elle devait se rendre à une partie de pêche.

Estrella se sentit impressionnée par le gigantisme du dôme de Bercy où se déroulait le Grand Slam, et par la frénésie du public qu'elle avait imaginé être uniquement constitué de connaisseurs. Elle réussit néanmoins à se concentrer avant chaque combat, en faisant abstraction de cette ambiance de cirque.

Elle échoua en demi-finale, contre la Japonaise Nishida, championne du monde en titre. Mais elle n'avait pas à rougir de cette défaite. Ce relatif échec était certes lié à son manque d'expérience au plus haut niveau, mais aussi à l'excellence de son opposition.

Sous les acclamations des spectateurs, elle remporta avec brio la troisième place et se retrouva ainsi seule Française sur le podium.

Le vieil homme accueillit chaleureusement la jeune fille à son retour.

Pour la première fois, il lui confia qu'il était fier d'elle.

Nous étions début 2024, les Jeux olympiques de Paris se profilaient. Pourtant, Roberto n'avait jamais entamé ce sujet.

— Nous n'en avons jamais parlé mais, comme tu sais, tu es dans la course pour une sélection olympique. Tu tiens la corde sur le papier, mais les décideurs de la Fédération ne te feront aucun cadeau. Ton titre national et ta médaille à Paris vont les obliger à te sélectionner à un autre tournoi. Je connais déjà leur stratégie… Ils t'enverront sur le Grand Slam le plus relevé, sans doute celui d'Allemagne. Et tes concurrentes sur d'autres plus accessibles. Dans l'espoir que tu perdes, afin qu'ils puissent faire une croix sur toi, au profit d'une de leurs protégées qui pourrait se classer dans un autre tournoi bidon.

Roberto se dirigea vers le four et en revint avec une cocotte en fonte fumante qu'il posa sur la table.

Comme chaque fois qu'il apportait un plat, une trouble nostalgie envahit aussitôt Estrella. Elle retrouvait l'odeur des mets préparés par ses parents, qui l'accueillait quand elle descendait l'escalier. Elle se souvenait alors des repas des dimanches midi. Elle entendait la cocotte mijoter depuis la cuisine et une délicieuse senteur embaumait la maison. Elle avait essayé d'oublier ces moments, pourtant gravés dans sa mémoire, en se persuadant qu'ils ne devraient plus lui manquer. Mais elle les retrouvait miraculeusement en compagnie de Roberto.

— Allez, maintenant on va se régaler avec ce bon poulet de Bresse... dit le vieil homme d'un ton léger.
Il ne comprenait que trop bien le désarroi de la petite. Mais savait aussi qu'aucun mot ne pourrait la réconforter.
— Il y a des produits comme ça qui ne tiennent que par leur exception, ajouta-t-il avec désinvolture. Rien d'autre qu'un peu de sel, de poivre, de beurre et basta.
Ce soir-là, Roberto fut un véritable moulin à paroles. Il lui parla de sa jeunesse, de son aventure au Japon, de son ami Yves Klein et de ce que fut son destin après sa disparition. Il lui révéla tout de ses amours, de ses déceptions, mais surtout de ses questionnements métaphysiques sur le sens de la vie.
— Pourtant, lui dit-il, le simple fait de s'interroger est l'apanage de ceux qui n'ont pas à lutter pour leur survie. La majorité de la population mondiale, hélas, ne réfléchit pas sur le sens de son existence. Des milliards d'êtres humains tentent de survivre au jour le jour. Mais ils possèdent paradoxalement dans leurs gènes cette spiritualité qui fait défaut aux esclaves inconscients, englués dans la matrice des pays dits « riches ».
Roberto décela le début de bâillement qu'Estrella essayait d'étouffer par politesse. Ses propos « complotistes » commençaient à l'endormir. Il s'en aperçut avec amusement. Il changea aussitôt de sujet de conversation pour lui parler de sa préparation à venir, puis lui conseilla l'aller vite se reposer. Il n'avait pas vu l'heure, et il était déjà bien tard.
La prophétie du vieil homme se réalisa. Estrella fut envoyée en Allemagne, d'autres Françaises sur des grands prix mineurs. Aucune de ses concurrentes ne fut classée.
La petite revint de Düsseldorf rayonnante, une médaille de bronze autour du cou.
Roberto ne put retenir ses larmes.
Ému, il alla chercher une bouteille de champagne dont il fit sauter le bouchon en riant. Ils trinquèrent devant la cheminée

où un feu de bois crépitait joyeusement. Des étincelles et de belles flammes bleues dansaient sur une braise ardente, dans une chaleur douce et enveloppante, et cette odeur si caractéristique qui replonge chacun dans son enfance.

— Nous fêtons ta médaille en Allemagne, petite. Pas ta sélection aux Jeux olympiques. Ils ne lâcheront pas encore, ces crapules !

— Oui, je sais, Roberto, ils m'ont dit que la sélection se ferait au dernier moment. Après le Grand Slam de Moscou... des chances qu'ils m'y envoient...

— Une certitude, oui... Ils escomptent une contre-performance... mais tu vas une nouvelle fois les décevoir, affirma-t-il, hilare.

— Je l'espère... Je peux vous demander une faveur, Roberto ?

— Dis toujours.

— Seriez-vous d'accord pour être à mes côtés, même dans les gradins... si je suis sélectionnée aux Jeux ? s'enquit-elle dans une moue attendrissante.

Sa mimique poignante désarma le vieil homme. Bouleversé, il s'exclama aussitôt :

— Je serai avec toi... Oui, ma petite, c'est promis, je serai avec toi ! Avec toi !

Estrella laissa exploser son bonheur en dansant sur le tatami.

— Merci, Roberto, merci !!! Cela va me transcender, personne ne pourra plus m'arrêter, ni à Moscou ni ailleurs !

22

Effectivement, Estrella fut sélectionnée au Grand Slam de Moscou. Dans sa catégorie, avait aussi été engagée sa principale rivale française, éliminée au premier tour. La petite échoua de nouveau contre la Japonaise Nishida, mais de justesse cette fois-ci. Repêchée, elle monta encore sur le podium, à la troisième place. Et, cerise sur le gâteau, elle entrait ainsi dans le top dix de la Ranking List de la Fédération internationale.

Il fut donc impossible à la Fédération française de ne pas la sélectionner aux Jeux olympiques de 2024 à Paris.

Évidemment, elle fut contrainte d'accepter les convocations aux stages de préparation avec l'équipe de France. Le vieil homme savait bien qu'elle y serait obligée, sous peine d'être simplement rayée de la liste des titulaires. Par chance, la Fédération avait tellement tardé à officialiser les sélections qu'elle ne put programmer que deux regroupements nationaux.

Deux de trop. Il la récupéra en effet littéralement liquéfiée à ses retours.

Les charges de travail imposées par les entraîneurs étaient manifestement une véritable hérésie. Une totale aberration, même. Pire, de vraies fautes professionnelles compte tenu de la proximité de l'objectif, non des moindres, l'obtention de médailles olympiques.

Après le premier stage, Roberto mit la petite au repos complet.

Seul un long footing de décrassage et de drainage le lendemain de son retour lui suffirait. Il avait envisagé pour elle quelques sessions de visualisation mentale. Mais il y renonça dès la première expérience. Bien qu'étendue sur le dos, les yeux fermés, Estrella suait. Mieux valait ne pas tenter le diable et qu'elle garde toute son énergie en elle.

Finalement, son programme serait rythmé par de longues siestes suivies uniquement de séances de contemplation. Devant le bleu infini d'Yves Klein, mais aussi face aux levers et couchers de soleil dans la sérénité et le silence de la campagne.

Ce même planning serait appliqué à la suite du deuxième stage. Mais le vieil homme alla plus loin dans sa folie.

Il sollicita Estrella pour appeler Ornella afin de lui fixer un rendez-vous le samedi d'après. Exactement une semaine avant leur départ pour Paris.

Ornella se présenta comme prévu, son judogi enroulé sous un bras.

— Pas de judo aujourd'hui, ni pour l'une ni pour l'autre, dit Roberto. Ornella, je peux te demander un service ?

Il savait que les deux partenaires avaient tissé un lien d'amitié au fil des séances.

— Oui, bien sûr, répondit Ornella.

— J'aimerais que tu aides Estrella à se pomponner et que tu l'emmènes faire la fête toute la nuit avec toi. Que vous dansiez, vous vous amusiez jusqu'à l'aube. La jeunesse ne se vit qu'une fois. Aucune retenue cette nuit ! Seul impératif : si vous avez trop bu, vous rentrez en taxi... Voici quelques billets pour la fiesta et le transport...

Les deux amies partagèrent un fou rire complice qui contamina également le vieil homme.

— Vous êtes vraiment trop fou, Roberto, s'exclama Estrella, qui spontanément lui adressa un baiser chaleureux sur sa joue mal rasée.

Pour la première fois, la petite avait pu surmonter sa pudeur pour lui témoigner l'étendue de son amour.

— Allez, filez vous amuser maintenant, dit-il en luttant pour ne pas pleurer de bonheur devant la manifestation de leur allégresse.

23

Cet été-là, une chaleur caniculaire pesait sur la Provence. À l'extérieur, les contours du paysage vibraient sous une touffeur insupportable. Mais dans la fraîcheur de la bâtisse, les valises étaient bouclées. Estrella et Roberto devaient s'envoler le lendemain pour la capitale, déjà dans l'effervescence pour le plus grand événement planétaire.

Le vieil homme quitta lentement le havre ombragé de sa demeure, en direction de son jardin écrasé par le feu du soleil, un panier en osier à la main.

Sous le chant strident des cigales, il se dirigea vers le muret brûlant délimitant son potager.

Il cueillait quelques tomates pour le dîner lorsqu'il fut pris d'un étrange malaise.

Une drôle de spirale tourbillonnait dans sa tête et soudain un brouillard opaque lui troubla la vue.

Il s'agenouilla, puis s'allongea lentement sur le sol incandescent, les mains posées sur son cœur.

Estrella l'aperçut dans l'instant. Paniquée, elle se précipita vers lui. Tremblante d'inquiétude, elle s'inclina sur son corps recroquevillé, inerte sous un soleil de plomb. La pensée furtive de ne savoir que faire la déconcerta un court moment.

Mais elle pressa instinctivement ses doigts contre un de ses poignets et la présence de pulsations cardiaques la rassura quelque peu.

Elle courut chercher une bouteille d'eau pour humidifier ses cheveux et son visage.

— Roberto, ça va ? Parlez-moi !

— Ça va, ça va, petite, arriva-t-il à articuler. Ne t'inquiète pas, ça va passer…

Elle s'empara d'un parasol pour le protéger du soleil, et appela aussitôt les secours.

Elle n'arrêta pas de s'adresser à lui en lui tenant la main afin qu'il reste conscient. Ce qu'elle disait n'avait aucune importance, mais elle le noyait de paroles, tout en étant incapable de contrôler ses larmes qui roulaient le long de ses joues.

L'ambulance arriva quelques minutes plus tard. Les secouristes disposèrent un masque à oxygène sur le visage de Roberto et l'installèrent assez brutalement sur une civière.

— Eh, doucement ! cria-t-elle.

Elle insista pour rester à ses côtés dans le véhicule qui déjà filait, sirènes hurlantes, vers l'hôpital de la Timone.

On plaça Roberto dans le service des soins intensifs.

Malgré ses requêtes, le personnel refusa qu'elle entre dans sa chambre, même quelques minutes.

— Laissez-moi voir mon grand-père, je vous en supplie...

— C'est impossible, Mademoiselle... On vous tiendra au courant de son état. Remplissez cette fiche de renseignements plutôt...

Estrella revint le lendemain, puis le jour suivant. Elle avait oublié son vol pour Paris et se fichait désormais des Jeux olympiques.

Le troisième, une infirmière plus compréhensive lui permit une courte visite à son chevet.

Roberto paraissait fatigué et terriblement amaigri. Deux tubes d'oxygène étaient fixés dans ses narines et un réseau tentaculaire de perfusions l'entourait. Le visage du vieil homme s'éclaira en la distinguant.

— Ne t'inquiète pas surtout, petite, ça va aller...

Estrella essaya de retenir ses larmes. Elle réussit à lui sourire en lui tenant la main.

— Tu devrais être déjà à Paname, petite… Tu vas me promettre de prendre le premier avion, quelque chose de grand t'attend là-bas… Fais-le pour moi… Ça ira, je t'assure… Je me sens déjà bien mieux… et la semaine prochaine peut-être serai-je sur pied… Je t'avais certifié d'être avec toi aux Jeux olympiques, tu verras, j'y serai…

L'engagement d'Estrella de se rendre à Paris tranquillisa Roberto.

Mais il savait sa fin imminente. Il ne faisait aucune confiance à la médecine, de toute façon. Ces salopards de toubibs allaient le laisser crever parce que c'était dans l'ordre des choses. Les vieux, faut pas les contrarier, faut les laisser partir. *Peut-être ces charognards ont-ils raison, après tout*, se dit-il. Et puis il en avait assez désormais. Il avait eu une belle vie malgré tout, et mourir vivant était le dernier luxe qu'il pouvait encore s'offrir.

24

Estrella ne savait pas si son besoin de pleurer était lié à la détresse d'être séparée de Roberto dans ces circonstances inquiétantes ou au spectacle qu'elle observait mélancoliquement depuis le hublot de l'avion, survolant la métropole parisienne. Sous elle, le paysage se dessinait sous des aspects rigoureux, rectilignes et géométriques, loin de toute folie, où le désordre de la vie n'avait pas sa place.

Pourtant, en un éclair, une lumière de feu éblouit l'immensité de l'espace et la dérisoire étendue terrestre. Ce fut comme une explosion soudaine de beauté inouïe. Un spectacle divin, céleste, datant néanmoins de la création du monde et qui ne s'arrêterait que dans des milliards d'années. Par magie, la déflagration du rayonnement du soleil couchant irradia toute trace de civilisation. Puis l'avion rasa de fantomatiques bâtiments pourpres, vers la piste d'atterrissage de l'aéroport, dont la noirceur du bitume ne pouvait que refléter l'incandescence des cieux. L'appareil glissa interminablement dans un embrasement de lumières rougeâtres éblouissantes. Il s'arrêta enfin à l'instant même où l'astre commençait à mourir quelque part dans l'horizon.

25

Roberto avait convoqué son notaire et son avocat à son chevet. Il leur avait confié la mission de régler les problèmes liés à sa descendance, afin que les parts données à ses héritiers soient brutes. Sans qu'ils ne doivent se soucier des frais de succession ponctionnés par cette mafia de l'État. Qu'ils fassent le montage qu'ils voulaient, il s'en foutait. C'était leur boulot, après tout. Il détenait suffisamment d'avoirs, de biens immobiliers et d'œuvres d'art, notamment sa collection inestimable de pièces d'Yves Klein, pour qu'ils puissent se dépatouiller de la tâche qui leur incombait.

Le vieil homme léguait ses possessions, à parts égales, à ses quatre enfants. Même en réglant les frais de succession en amont, une véritable fortune leur revenait à chacun. Il ajouta juste sur son testament sa volonté d'accorder à Estrella l'usufruit de son ultime demeure au mur duquel le grand monochrome bleu d'Yves Klein devait rester accroché.

Dernière clause, elle ne devrait connaître sa proposition que dans dix ans. Certainement après sa carrière sportive. Libre à elle alors d'accepter ou pas de s'installer dans cette maison qu'elle aimait tant, selon les aléas de sa vie future.

Le vieil homme avait encore tenu une semaine. Jusqu'au jour où la presse dévoila le tirage au sort et les tableaux des épreuves judo des Jeux olympiques. Dans la soirée, à cette heure qu'il affectionnait tant, quand le ciel flamboyait de mille feux, il décida enfin de s'en aller vers un autre monde.

26

Estrella s'apprêtait à prendre une douche après une séance monotone de placements imposés par le staff fédéral lorsque son portable sonna. Elle ne voulut pas répondre.

Entendre une voix anonyme annoncer le décès de Roberto aurait été son ultime supplice.

Elle savait qu'il était parti.

Elle resta longtemps prostrée dans le vestiaire, immobile, assise sur un banc en bois aussi froid que du marbre, anéantie par un insoutenable sentiment de détresse.

Puis, bien des heures après, résignée par le fardeau de sa lassitude, elle écouta le message qui lui confirma son pressentiment.

Elle se traîna alors jusqu'à sa chambre et y demeura seule durant les trois jours qui devaient précéder son entrée dans l'arène olympique. Elle aurait aimé pouvoir pleurer, s'épancher de toutes les larmes de son corps pour soulager son insondable souffrance.

Mais cela lui fut impossible. Elle ne pouvait qu'essayer de lutter contre ce poids atroce qui lui oppressait la poitrine.

Elle se demanda si elle ne ferait pas mieux de déserter cette chambre sur-le-champ. Fuir maintenant, loin de ce carnaval. L'idée de combattre lui semblait aussi incongrue que dérisoire. Cela lui paraissait bien au-delà de ses forces. Même lorsqu'elle tentait de se persuader de s'y soumettre pour Roberto, pour sa mémoire. Mais elle resta dans son lit, car même la fuite lui était une épreuve insurmontable.

Les entraîneurs, qui avaient eu la décence de la laisser tranquille, vinrent la chercher le jour J. Ils la conduisirent en silence jusqu'à la salle de pesée. Comme un automate, elle les suivit le long d'interminables corridors éclairés d'étranges et sinistres lueurs bleutées.

Elle présenta machinalement son badge aux officielles et monta sur la balance qui afficha un poids de quarante-six kilos, bien inférieur à sa catégorie réglementaire. Elle ne s'était pratiquement pas alimentée depuis une semaine. N'importe quel idiot pouvait comprendre que combattre dans ces conditions serait une pure folie, mais l'encadrement préféra visiblement esquiver cette problématique.

La petite se dirigeait vers la salle d'échauffement. Elle allait s'engager dans ce long couloir qui lui semblait faire office de tunnel entre la vie et le néant lorsque le président de la Fédération française en personne lui tendit une grande enveloppe.

— Nous venons de recevoir ce Chronopost urgent pour toi, Estrella.

Elle s'isola et, le cœur battant, déchira nerveusement le papier du pli postal. À l'intérieur, une lettre et six autres petites enveloppes.

Elle reconnut aussitôt l'écriture soignée de Roberto.

« Ma petite Estrella,

Si tu lis cette lettre, c'est qu'il a été l'heure pour moi de quitter ce monde. Tout d'abord, ne pleure surtout pas, tu le feras plus tard si tes émotions te le commandent, mais surtout pas maintenant. Tu dois garder ton énergie intacte pour l'épreuve que tu attends depuis si longtemps. Tu ne dois pas être triste, tu sais. J'ai eu une belle et longue vie… et puis, vois-tu, je ne suis pas vraiment parti. La preuve. Ne t'ai-je dit : "JE SERAI AVEC TOI" ? Je tiens toujours mes promesses, petite Estrella, et je suis à tes côtés pour cette journée si particulière. Tu trouveras avec cette lettre six autres petites enveloppes numérotées. Tu les ouvriras dans l'ordre, juste avant le combat. Si la malchance ou le destin devait te faire échouer avant d'aller jusqu'au bout, ne prends pas connaissance des restantes, il n'est jamais bon de ressasser des regrets… ou alors dans une vingtaine d'années peut-être, une fois que cette aventure te semblera bien loin. JE SUIS AVEC TOI, MA PETITE. À tout à l'heure pour l'enveloppe numéro 1. »

Estrella fut soudain envahie de frissons comme si son corps s'était brusquement électrisé. Une formidable énergie tombée miraculeusement du ciel la gagna à cet instant. Métamorphosée par une puissance divine, elle se dirigea à grands pas vers la salle d'échauffement, en glissant la grande enveloppe entre le survêtement et son cœur.

27

Elle commença méthodiquement son échauffement deux heures avant l'affrontement, de manière progressive, comme Roberto le lui avait enseigné.

Elle se sentait impatiente et fébrile de le retrouver dans la première des petites enveloppes qu'il lui tardait d'ouvrir.

Enfin, l'entraîneur, que Roberto aurait volontiers qualifié de sinistre crétin, vint la chercher pour l'accompagner vers le court central. Elle le suivit en souriant aux souvenirs des surnoms que le vieil homme aimait attribuer à l'encadrement fédéral.

En découvrant l'arène, elle fut d'abord saisie par l'esthétique et les courbes harmonieuses de la structure en bois en lamé collé de l'édifice qui lui rappelèrent les poutres supportant la toiture de la terrasse de Roberto. Puis par cette foule, aussi compacte qu'inhumaine, tapissant les gradins, dans un mélange de teintes, de rumeurs et de vociférations.

Elle baissa les yeux et se dirigea vers les tatamis aux couleurs contrastées et éclatantes jaunes et rouges.

Sur le bord de la surface de combat, les mains tremblantes, Estrella décacheta la première des petites enveloppes.

« Respire, respire, petite Estrella. Fais le vide en toi. Le premier combat est souvent le plus difficile à aborder. Tout d'abord, tu connais le tirage comme moi. Tu sais que tu vas affronter une adversaire sans véritable référence internationale. La petite Sénégalaise est certes moins forte que toi sur le papier. Mais les papiers n'ont jamais fait bon ménage avec les réalités du terrain, dans n'importe quel domaine. Règle numéro un : ne jamais sous-estimer quiconque ! Tous les combats doivent être abordés avec rigueur et lucidité. Surtout, mets du recul vis-à-vis de cet affrontement qui se profile. Tu sais qu'en cas de succès, tu lutteras ensuite contre la Bulgare, un cran au-dessus en théorie et qui a eu l'avantage de tirer un tour blanc, sans duel préliminaire. Ce n'est pas un avantage en fait, plutôt un inconvénient. Je sais, je t'ai toujours dit de ne jamais te reporter sur le combat d'après, de ne pas regarder plus loin que le combat qui se présente, car il peut être malheureusement le dernier si on l'aborde avec désinvolture. Mais là, lors de ce premier affrontement, il serait peut-être judicieux que tu temporises un peu pendant la première partie. Histoire de vraiment te mettre en jambes, te placer dans les bons rails pour toute la compétition. Tu ne prends aucun risque durant les deux premières minutes. Tu contrôles la rencontre, avec juste ce qu'il faut d'attaques pour ne pas être sanctionnée pour non-combativité. Puis, à la mi-temps, tu t'exprimes enfin. Je t'ai toujours dit que tu devais chercher à mettre Ippon, c'est la seule finalité dans le judo. Mais donne tout à partir de la deuxième minute. Ton adversaire est droitière. Tu sais ce que tu dois faire, je ne m'inquiète pas… alors à toi, petite ! »

L'entraîneur s'égosillait sur sa chaise. Pourtant, Estrella restait de marbre malgré le score accablant qui semblait la conduire vers une irrémédiable défaite. Elle avait respecté à la lettre les consignes de Roberto mais, devant sa passivité, la Sénégalaise s'était sentie pousser des ailes. Celle-ci avait tellement multiplié les fausses attaques que l'arbitre en était venu à pénaliser injustement Estrella. La petite attendit patiemment le cap de la mi-combat pour changer de rythme. Trente secondes plus tard, Estrella trouvait une ouverture dans la défense approximative de son adversaire pour la projeter bruyamment sur le dos.
— Tu as eu de la chance, lui dit l'entraîneur national lorsqu'elle quittait la surface, comme si sa désobligeante remarque avait le pouvoir sacré de la mettre en garde pour le tour suivant.

Estrella ne répliqua pas. Elle se contenta de récupérer son survêtement et son badge sur le plateau que lui présentait l'hôtesse. Puis elle se dirigea vers les coulisses silencieuses de l'Aréna de Mars. Un étrange et démesuré bâtiment éphémère érigé pour les Jeux olympiques, en plein cœur de Paris, à proximité de la tour Eiffel.

Il lui tardait de retrouver Roberto dans la deuxième petite enveloppe. Rien d'autre n'avait plus d'importance.

28

« Te voilà prête pour ton deuxième combat, ma petite. Aucune surprise, la Bulgare Ivanova a bénéficié d'un tour blanc, c'est elle qui se présentera devant toi. Elle n'a donc aucun match dans les pattes, seulement un échauffement plus ou moins bien réalisé. Pour toi, la machine est déjà lancée. Rappelle-toi, nous l'avions étudiée en vidéo et tu connais beaucoup de choses sur elle. Elle affiche un profil plutôt de type explosif, avec des attaques à profusion en début de rencontre. Tu sais aussi que sa fougue se tarit à la mi-combat. Là, ce sera certainement même plus tôt. L'enjeu, le stress, par le fait surtout de ne pas avoir affronté une autre adversaire avant… elle devrait s'éteindre après ses séquences d'attaques tous azimuts dès une minute trente environ. À toi de laisser passer l'orage. Mais pas comme au premier tour, en étant bien plus entreprenante. Cela l'obligera à rajouter autant d'énergie en défense qu'en attaque. Rappelle-toi, elle est droitière. Donc, ta main gauche en saisie immédiate sur son revers, puis tu connais le reste. Rappelle-toi aussi, elle a tendance à laisser sa jambe droite un peu trop avancée et à croiser bien trop ses pieds sur ses déplacements. Tu vois ce que je veux dire ? Je te donne rendez-vous tout à l'heure pour la troisième enveloppe. »

Estrella se présenta sur le tapis, empreinte d'une grande sérénité. Lorsque le combat fut lancé, elle s'appliqua, durant chaque séquence, à saisir rapidement le revers de la Bulgare. Elle se montra surprise de la sentir faiblir physiquement bien avant qu'elle ne l'eût imaginé. Ses attaques devenaient moins fortes, moins précises et surtout ses déplacements approximatifs. Soudain, dans une fulgurante sensation de flottement, le pied gauche d'Estrella accompagna la malléole droite d'Ivanova. Ce geste ressemblait à celui d'un chaton qui, sa patte en cuillère, aurait poussé furtivement une pelote de laine en jouant. Ivanova sentit son corps, subitement sans poids, glisser au-dessus du tatami, comme porté par le souffle d'un vent silencieux. Le dos d'Ivanova n'avait pas encore percuté le sol que l'arbitre levait déjà son bras à la verticale pour annoncer « Ippon ».

En quittant la surface de combat, Estrella ne pensait qu'au moment délicieux où elle allait retrouver Roberto dans sa troisième lettre.

29

« Bravo, petite ! Si tu viens d'ouvrir cette enveloppe, c'est que tu as battu Ivanova. Je t'imagine debout, devant le tatami, juste avant ton troisième tour. Je ne peux cette fois-ci connaître ton adversaire. Mais ce sera une gauchère, j'en suis persuadé… l'autre quart du tableau est constitué d'athlètes gauchères, sauf la représentante du Maroc, que je vois mal à ce stade face au niveau de ses concurrentes. Que je brûle en enfer si je me trompe. À mon avis, tu affronteras soit l'Israélienne, soit la Coréenne. Une gauchère de toute façon. Fais abstraction de toute émotion en montant sur le tapis. Considère-toi comme une machine de technicité programmée pour lutter contre une autre machine qui ne te veut pas forcément du bien. Tu contrôles sa manche à distance, inlassablement, à chaque séquence. La manche contrôlée, ce sera à toi de jouer. Rappelle-toi, le judo n'est qu'un jeu. Déplace-la, fais-la réagir… Danse, danse, ma petite. Les principales ouvertures, tu le sais, tu les sentiras lorsqu'elle voudra interrompre ta farandole et qu'elle s'arrêtera brusquement, pour un centième de secondes peut-être, mais là sera l'ouverture. Allez, c'est parti, petite. »

Estrella se présenta déterminée devant la Coréenne Park. Elle ne se laissa pas intimider par le cri de son adversaire dès l'annonce du début de combat. Elle savait qu'elle essayait de la déstabiliser, mais que sa vociféderation n'était qu'une puérile tentative de se sécuriser elle-même. Contrôler et verrouiller en premier lieu sa manche fut une obsession. Cette mission remplie, Estrella dansa devant elle, avec elle. Elle l'attira dans le rythme endiablé d'une musique latino, qui par magie était venue envahir tout son être. Elle se laissait guider par les percussions des hauts tambours, par les timbales de cette salsa qui résonnaient dans sa tête, et qui rendaient Roberto si heureux lors des entraînements basés sur les déplacements. Park n'entendait rien, elle. Il lui était impossible de connaître à quels moments interviendraient des changements de rythme. Elle ne pouvait que subir, excédée, la ronde infernale que lui imposait Estrella. À la troisième minute, elle s'immobilisa, s'ancrant en force sur ses jambes écartées. Estrella ressentit soudain l'instant fugace de l'ouverture. Elle engouffra son corps, dans la magie de ce timing parfait, sous le centre de gravité de Park qui fut emportée dans les airs. Le mouvement d'épaule d'Estrella cloua irrémédiablement le dos de la Coréenne sur le tapis. La petite ne pouvait entendre les hurlements de bonheur du public ni les risibles cris de joie de l'entraîneur. La musique sud-américaine envoûtante emplissait toujours gaiement sa tête.

30

Estrella ouvrit l'enveloppe numéro quatre.

« Quel bonheur de te retrouver, petite ! Si tu lis cette lettre, tu es forcément en demi-finale des Jeux olympiques. Déjà une immense fierté pour moi, mais grande serait ta déception d'imaginer que je puisse m'en contenter. Non, évidemment, j'estime que tu n'es qu'à ta juste place. Considère que la compétition se joue maintenant, sur ce seul combat que tu dois pourtant aborder aussi sereine que détendue. Fais abstraction de toutes ondes négatives autour de toi. Le staff fédéral dans son ensemble est tendu, crispé. Le coach sur son siège se sent nerveux, je le vois du haut de mon paradis. Surtout, surtout, ne l'écoute pas. N'écoute personne, sinon toi. Je t'ai répété maintes fois qu'un entraîneur sur une chaise ne servait à rien d'autre qu'à te déstabiliser. Le travail doit être fait en amont. Et en ce qui nous concerne, il a été fait, et bien fait. Je ne sais qui tu vas rencontrer. Une droitière, une gauchère ? Peu importe. Tu sais comment te comporter dans les deux cas de figure. Je ne me fais pas de souci. Au fait, il est dans le domaine du possible que tu perdes ce combat. On n'obtient, hélas, pas toujours ce que l'on veut dans la vie. Les rêves les plus fous, même avec une somme de travail colossale pour les atteindre, ne se réalisent pas forcément. C'est ainsi. Cela n'aurait évidemment aucune importance pour moi, je saurais que tu aurais tout fait pour participer à la finale. Je suis déjà tellement fier de toi, petite ! Si le destin voulait que tu échoues à ce stade donc, et que tu doives faire un dernier combat pour l'obtention de la médaille de bronze, n'ouvre pas l'enveloppe numéro 5. Elle n'est destinée qu'à être lue quelques minutes avant le début de la finale olympique. Tu vois, c'est la preuve que je crois en toi plus que jamais. Maintenant, vas-y, petite. JE SUIS AVEC TOI. »

Le coach fédéral frétillait d'impatience en rongeant ses ongles lorsqu'Estrella se présenta devant la Russe Andreï.

Elle l'avait déjà rencontrée et battue lors du Grand Slam de Russie. Mais le combat n'avait duré que quelques secondes, bien insuffisamment pour la connaître vraiment.

Estrella et Roberto avaient longuement analysé son profil technico-tactique sur différentes vidéos. Les images de ses affrontements lors des tournois importants dévoilaient qu'elle était droitière, possédait un bagage technique assez conséquent, allié à une excellente condition physique. Toutefois, son judo « classique » paraissait correspondre à celui d'Estrella, qui avait toutes les chances de s'exprimer pleinement.

Ne jamais sous-estimer un adversaire, lui répétait Roberto dans sa tête. Étrangement, il lui semblait qu'il lui parlait maintenant, par un mystérieux phénomène télépathique, depuis un autre monde.

« Oui, je sais, tu l'as battue une fois, et alors ? Oublie ce combat, il n'existe plus, sinon dans ta mémoire. La seule vérité est là, devant toi. Alors aborde celui-là en te persuadant que c'est elle qui t'a vaincue et qu'elle a envie de remettre ça. Allez, à toi, petite ! »

Le duel commença sur les chapeaux de roues. Très vite, Estrella comprit qu'Andreï n'était pas la même que celle qu'elle avait domptée à Moscou. Sa prise de garde se montrait plus assurée et bien plus âpre.

La Russe semblait transcendée, mue par une fantastique volonté de vaincre.

Estrella réagissait bien au rythme de son adversaire, mais celle-ci continuait son travail de sape, en multipliant les mises en danger. L'entraîneur français, tel un demeuré, vociférait en trépignant sur sa chaise.

« Ne l'écoute pas. N'écoute personne », lui susurra Roberto, d'elle ne savait où.

Les traits du visage d'Andreï trahissaient sa détermination sans faille.

« Tu as remarqué comment elle laisse traîner son bras droit sur ses attaques que tu bloques et qui se terminent au sol ? »

Estrella comprit aussitôt le sens des mots que lui avait envoyés Roberto depuis l'au-delà.

À la séquence suivante, la Russe attaqua encore. Mais Estrella anticipa son action et bloqua sa technique de hanche qui se termina au sol. Avant que le ventre d'Andreï n'ait touché le tapis, Estrella plaçait déjà une fulgurante clé sur le bras qu'elle n'eut le temps de protéger. Andreï frappa aussitôt sur une cuisse d'Estrella, signifiant l'irrémédiable abandon du combat.

31

Le staff entier de l'équipe de France regardait de loin Estrella s'étirer consciencieusement en salle d'échauffement.

Personne n'osait interrompre ses exercices et sa concentration. *Un ramassis de larbins, aurait dit Roberto*, pensa-t-elle en souriant.

Timidement, l'entraîneur qu'on lui avait attribué vint la retrouver.

— C'est l'heure, lui dit-il d'un air penaud, comme s'il annonçait à une condamnée le moment où il fallait le suivre jusqu'à l'échafaud.

Son comportement provoqua à nouveau un rictus sur le visage d'Estrella. Mais elle se leva sans un mot et se dirigea vers la sortie de la salle d'échauffement d'un pas déterminé. Derrière elle, à distance, toute l'équipe d'encadrement.

Dans les corridors la conduisant vers l'arène, la voix rocailleuse de Lou Reed résonna subitement dans sa tête.

La musique se voulait bien plus puissante et réelle que celle qu'elle aurait pu entendre grâce à de simples écouteurs dans ses oreilles. Lou Reed et son orchestre lui interprétaient exclusivement la chanson préférée de Roberto.

« *She says "Hey, babe,*
Take a walk on the wild side"
Said "Hey, honey,
Take a walk on the wild side" »

La chanson se termina lorsqu'elle arriva sur le bord du tapis.

Lettre numéro cinq :

« Je suis fier de toi, ma petite étoile. Désormais, quelle que soit l'issue du prochain combat, tu seras médaillée olympique.

Tu rêves d'or, je sais, mais pour moi, peu importe le métal. Je sais aussi que tu ne voudras pas t'arrêter en si bon chemin. Tu as raison, je ne peux te contredire. Donc n'ouvre la dernière lettre qu'en cas de victoire. J'imagine l'étendue de ta motivation par cette dernière phase. Je te connais tellement, ma petite Estrella. Je suis persuadé que cette ultime lettre, tu l'ouvriras tout à l'heure. JE SUIS AVEC TOI ! Alors, à tout de suite, mon petit ange blond. »

Estrella essayait de retenir ses larmes. C'était la première fois que Roberto se dévoilait autant affectueux à son égard.
Il ne lui avait donné aucune consigne, aucun conseil. Seulement la certitude de sa chaleureuse présence à ses côtés. Et la preuve de son infaillible confiance en elle, en lui donnant rendez-vous dans la sixième lettre, après la finale.
Elle s'avança sur le bord des tatamis et ferma les yeux. Elle se vit assise en tailleur, immergée dans la contemplation du grand monochrome d'Yves Klein. Il n'y avait rien d'autre qu'un bleu, mais il se voulait si intense et profond qu'il semblait irradier, comme un soleil, le ciel et la mer. Il n'y avait plus de matières ni de pesanteur. Seulement un bleu vif et puissant qu'elle ne distinguait pas vraiment avec ses yeux, mais plutôt avec son esprit et son âme. Elle comprit que cette beauté invisible lui permettrait d'accéder à tous ses rêves. Estrella salua le tapis et se dirigea vers sa place, face à son ultime adversaire, la Japonaise Nishida qu'elle connaissait bien. Machinalement, elle jeta un regard vers le coach français, toujours de plus en plus nerveux sur son siège.
Elle assista alors à un étrange spectacle.
Peu à peu, l'image de l'entraîneur se dissipait, comme dissoute dans un mystérieux brouillard. Pendant que son corps semblait s'évaporer, un autre apparut comme par magie. C'était Roberto. Il se tenait assis à la place de l'entraîneur national et lui

souriait. Il se cala profondément sur sa chaise et sortit un cigare de sa poche qu'il alluma avec malice.

— Ne me regarde plus, ma petite, n'oublie pas qu'un coach ne sert à rien, lui dit-il dans un nuage de fumée.

Estrella revint à elle en entendant le « HADJIME » tonitruant de l'arbitre.

Il n'y eut pas de combat. Dès la première saisie, Estrella se plaça plus vite que son ombre, dans la magie d'un geste aussi fluide que précis. D'une fulgurance digne de Lucky Luke lui-même. Un explosif et imparable Uchi-Mata souleva Nishida dans les airs et la projeta violemment sur le dos.

Médusée, la Japonaise s'assit en dissimulant son visage entre ses genoux. Elle resta un instant ainsi, ses mains sur sa tête, anéantie par l'incommensurable solitude dans la défaite.

Estrella, ivre de bonheur, se tourna vers Roberto. Mais le vieil homme avait laissé sa légitime place à l'entraîneur national. Celui-ci sautait de joie en hurlant, comme un vulgaire footballeur ayant marqué un immanquable penalty.

32

Dernière lettre :

« Ce sont mes derniers mots, mon tendre petit ange. Mais je continuerai à veiller sur toi, de là où je suis. Aujourd'hui est le plus beau jour de ma mort. Un des plus beaux jours de ma vie aura été celui où je t'ai rencontrée.
Une des plus belles choses qu'elle m'ait offertes.
Je te remercie d'avoir donné un sens à mon existence et de m'avoir réchauffé le cœur lorsque je pensais en avoir fini avec elle.
Je suis fier de ton titre olympique, mais au-delà de cette formidable victoire, je retiendrai surtout les chemins que tu as empruntés pour le conquérir. Sache que tu ne le dois qu'à toi-même. Seulement à ton travail et à ton abnégation. Je n'ai fait que te guider, ma petite fée, et cela a été le plus grand bonheur et le plus bel honneur de ma longue vie.
Je t'embrasse tendrement, ma petite Estrella. Je serai près de toi éternellement. »

33

Estrella Don Pelayo se tenait droite sur la plus haute marche du podium. On venait de lui remettre sa médaille et elle scintillait de mille feux dorés sous les projecteurs et les flashs des photographes. Visiblement, les premières notes de l'hymne national devaient résonner dans l'enceinte. Cela représentait une évidence en voyant le public debout dans les gradins, face à la montée des drapeaux. *La Marseillaise* retentissait dans la salle, elle le savait. Pourtant, elle percevait une autre musique. Une chanson en anglais dont les paroles étaient susurrées par une voix masculine, suave et langoureuse. Une mélodie d'une autre époque, d'une douceur infinie. Un air bouleversant qui lui semblait familier, bien que, jamais, elle ne l'eût entendu auparavant. C'était triste et grisant en même temps. Elle saurait un jour qu'il s'agissait de la reprise de Bryan Ferry de *Time On My Hands*. Les soyeuses vibrations des sons des saxophones, des cordes, des contrebasses et du piano s'égrenaient lentement lorsque les premiers spasmes d'un sanglot incontrôlable la surprirent soudain. Elle s'abandonna. Il lui fut impossible de maîtriser les torrents de larmes qui se déversaient sur son visage angélique. Estrella pleura enfin, fière et sans pudeur, les lettres de Roberto plaquées de ses deux mains contre son cœur.

Chapitre 1 9
Chapitre 2 13
Chapitre 3 18
Chapitre 4 23
Chapitre 5 27
Chapitre 6 28
Chapitre 7 33
Chapitre 8 35
Chapitre 9 37
Chapitre 10 39
Chapitre 11 41
Chapitre 12 43
Chapitre 13 46
Chapitre 14 48
Chapitre 15 50
Chapitre 16 52
Chapitre 17 54
Chapitre 18 56
Chapitre 19 58
Chapitre 20 67
Chapitre 21 70
Chapitre 22 75
Chapitre 23 77
Chapitre 24 80
Chapitre 25 81

Chapitre 26 82
Chapitre 27 85
Chapitre 28 88
Chapitre 29 90
Chapitre 30 92
Chapitre 31 95
Chapitre 32 98
Chapitre 33 99

Du même auteur

Sans aucune étoile autour, roman, Les Presses du Midi, 2007

Dripping sur tatami, roman, JDH Éditions, 2021

Dans la collection Nouvelles Pages

L'ombre d'Ulysse – Jean-Hughes Chevy
Alexandrie : l'Orient fabuleux – Corinne Sauffier
L'Orateur et les Papillons de Lumière – Emmanuelle Nativel
Entrée, plat, dessert – Martin Hypothalamus
Nouvelles d'Ici et Là – Hervé Leyral
Récidive pour la Tueuse de Manhattan – Pierre Vaude
Dans les filets d'Arachné – Agnès Brown
Mona Nova – Christophe Fourrier

Découvrez les autres collections de JDH Éditions

Magnitudes

Drôles de pages

Uppercut

Versus

Les Collectifs de JDH Éditions

Case Blanche

Hippocrate & Co

My Feel Good

Romance Addict

F-Files

Black Files

Les Atemporels

Quadrato

Baraka

Les Pros de l'Éco

Sporting Club

Tierra Latina

Les Pros de l'Immo

Toque et Plume

L'Édredon

La revue littéraire de JDH Éditions

Venez découvrir les textes de la revue

**Textes et articles dans un rubriquage varié
(chroniques, billets d'humeur, cinéma, poésie…)**

Suivez **JDH Éditions** sur les réseaux sociaux
pour en savoir plus sur les auteurs,
les nouveautés, les projets…
Inscrivez-vous à notre Newsletter sur
www.jdheditions.fr
Pour recevoir l'actualité de nos nouvelles
parutions